rororo

Gilbert Adair, geboren 1944, wurde bekannt als Romancier, Essayist, Filmpublizist und Kolumnist. Berühmt machte ihn sein Psychothriller »Blindband« (rororo 22880): »Ein Meisterwerk, spannend bis zur letzten Seite.« (*Berliner Zeitung*) Außerdem lieferbar sind die Romane »Liebestod auf Long Island« (rororo 22879) und »Der Tod des Autors« (rororo 22881). Gilbert Adair lebt in Notting Hill, London.

Gilbert Adair

Der Schlüssel zum Turm

Roman

Deutsch von Thomas Schlachter

Rowohlt Taschenbuch Verlag

Die Passagen aus Marcel Prousts »Sodom und Gomorrha« wurden der Frankfurter Ausgabe, Werke II, Band 4, entnommen (übersetzt von Eva Rechel-Mertens, revidiert von Luzius Keller und Sibylla Laemmel).

Veröffentlicht im Rowohlt Taschenbuch Verlag GmbH,
Reinbek bei Hamburg, Juli 2002

Titel der englischen Originalausgabe
»The Key of the Tower«

Umschlaggestaltung any.way, Cathrin Günther
(Abbildung: Georges de la Tour,
La diseuse de bonne adventure (détail)/
New York, Metropolitan Museum of Art)
Druck und Bindung Clausen & Bosse, Leck
Printed in Germany
ISBN 3 499 23098 4

für Ronald Bergan,
ohne den …

Dies war ein ebenso simples wie seltsames Objekt: ein purpurroter Würfel, und auf einer der sechs Flächen, genau in der Mitte, ein Schalter. Neben diesem Schalter – gewissermaßen auf den Würfel gekrallt und in Lebensgröße – die Plastikattrappe einer Menschenhand. Drückte man nun den Schalter, ertönte aus dem Würfelinneren ein Surren, woraufhin die Plastikhand langsam vorwärtskroch und den Schalter wieder ausknipste. Ach, es war ein teuflisches Ding.

Pierre Mac Orlan, *A l'ombre du grand panama jaune*

Ratsch-ratsch-ratsch-ratsch-ratsch-ratsch-ratsch.

Allmählich hypnotisierten sie mich, die Scheibenwischer meines bulligen und blaßgelben gebrauchten Minis, wie sie mechanisch hin- und herschwangen, links herum und rechts herum, dabei zwei überlappende Bogen auf die Windschutzscheibe zeichneten und es fertigbrachten, sich in der Mitte nie, nie ganz ineinander zu verkeilen. Allmählich erinnerten sie mich an nichts so sehr wie an ein Duo von Trapezkünstlern, die eine Trockenübung machen und in das Baumwolluniversum des Zirkuszelts hinaus- und wieder hineinsausen, dabei zwei anmutige, asynchrone Parabeln beschreiben, hinaus und hinein, immer kurz davor, mitten in der Luft zusammenzuprallen, und doch immer, immer wieder knapp aneinander vorbeischießend. Schon allein ihr Geräusch war hypnotisierend – so eigenartig mutete das dumpfe und knarrende Quietschen dieser Drehscheibe an, die draußen ein Feld der Sichtbarkeit in das rauhreifverkrustete Fenster scheuerte. Und in jenen kurzen Augenblicken, in denen die Windschutzscheibe sauber gewischt und der neueste Ausschlag von Regentropfen noch nicht erschienen war, kam es mir als kleine, aber echte Überraschung vor – ja, merkwürdigerweise enttäuschte es mich sogar ein bißchen –, daß sich die Kulisse inzwischen nicht verschoben hatte und die dunkle, stumme Straße unverändert vor mir lag. Bloß sporadisch zeigte mir ein in der Düsternis gespenstisch aufleuchtender Wegweiser an, daß ich überhaupt vorangekommen war.

Der Spätnachmittag präsentierte sich in phantastischen Far-

ben. Ich glaubte nun doch, mich verfahren zu haben, und zog meine grüne Michelin-Karte aus dem Handschuhfach, um auf dem Schoß unbeholfen die Normandie auseinanderzufalten. Immer schön vorsichtig! Forschend warf ich einen Blick auf die Straße, die Karte, wieder auf die Straße, wieder auf die Karte. Die letzte Ortschaft war Saint-Michel-des-Loups gewesen, und als nächstes kam Champeux. So weit, so gut. Mit dem Geschick einer Gans, die ihre Federn in chronologischer Reihenfolge ordnet, faltete ich die Karte einmal, zweimal, dreimal zusammen, steckte sie wieder in ihr bequemes Kästchen im Armaturenbrett und legte mit den unbeschäftigten Fingern meiner rechten Hand auf der Pelzumhüllung des Lenkrads ein beschwingtes kleines Schlagzeugsolo hin.
Ich schielte auf meine Armbanduhr, ein billiges Ding mit schwarzem Zifferblatt und Metallarmband, das mit so vielen unnützen Extras bestückt war wie das Taschenmesser eines Pfadfinders. Sechs Uhr fünfundvierzig. Und da ist ja auch schon Champeux, wie bestellt. Ausfahrt Champeux.
Erneut befand ich mich auf jener dunklen, stummen Straße. Der Regen fiel mit unverminderter Heftigkeit. Ein Gewitter braute sich zusammen, und direkt über mir donnerte es krachend. Tropfen um Tropfen beschoß die Windschutzscheibe und wurde gleich darauf von der metronomgleichen Kraft der Scheibenwischer ins Vergessen gefegt. Plötzlich – aber vielleicht hatte er sich ja schon seit längerem unmerklich in meinen Gesichtskreis geschoben – erstrahlte durch die Trübnis der Scheibe ein wäßrig weißer Lichtklecks wie ein nicht identifizierter Punkt auf einem Radarschirm.
Er wurde größer und größer.
Und als mir endlich aufging, worum es sich dabei handeln mußte, passierte der Unfall.
In typisch französischer Art säumten die Straße links und rechts Platanen, deren adrette Frisuren jetzt von sintflut-

artigen Regengüssen zerzaust wurden. Noch bevor ich abschätzen konnte, was um mich vorging, zuckte ein Blitz, geformt wie ein makelloses großes *Z*, am Himmel herunter. Ich sah, wie er schnurstracks auf eine der Platanen am Rande des unmittelbar vor mir liegenden Straßenabschnitts zuschoß und ihre Borke augenblicklich mit einer dünnen Flamme im Blauton einer *Crêpe Suzette* umhüllte. Wie in einem Varieté stieg vom moosbedeckten Fuß des Baumes eine Rauchwolke hoch, es folgte ein Knacken aus dessen Eingeweiden, dazu ein ohrenbetäubender Donnerschlag, der die ganze Gegend zu erschüttern schien. Nun riß sich der Stamm ungestüm mitsamt den Wurzeln in die Höhe und sank in einer merkwürdigen Zeitlupenbewegung auf dem klatschnassen Asphalt in Ohnmacht.

In einem doppelten panischen Impuls, das Lenkrad mit gestreckten Armen haltend, preßte ich den Kopf in den Leopardenbezug des Sitzes und trat gleichzeitig aufs Bremspedal. Die alten Reifen kreischten unter meinen Füßen, und mein Gesicht schoß auf die Windschutzscheibe zu; wenige Zentimeter vor dem Zusammenprall stoppte mich jedoch die Schnalle meines Sicherheitsgurts mit einem brutalen Schlag in die Magengrube. Der Wagen kam vor einer ungeheuren schwarzen Masse, die den Weg versperrte, zum Stillstand. Ein erstarrter Brocken Finsternis hatte sich am Firmament gelöst und war auf die Straße gestürzt.

Ich schaltete die Scheibenwischer aus, und in diesem Moment verschwand ebenso abrupt auch der weiße Punkt. Etwa eine Minute lang verharrte ich reglos und fragte mich, ob mein Herz je aufhören würde, gegen den Sicherheitsgurt zu hämmern. Ich sehnte mich nach einer Zigarette, doch obwohl es zu keinem Zusammenstoß gekommen war, hegte ich noch immer die – zugegeben – irrationale Angst, der Mini selbst könnte in Flammen aufgehen. Ich klinkte den Gurt auf, öffne-

te die Autotür und stieg auf wackeligen Beinen aus. Wunderbar kühl legte sich die Luft auf meine Wangen.
Als erstes fiel mein Blick auf eine häßlich klaffende Zahnlücke in der rechten Platanenreihe. Der Baum, dem es an den Kragen gegangen war, lag auf der Straße und blockierte sie vollkommen. Waagrecht hingestreckt, sozusagen von der Hand des Schicksals gefällt, kam er mir weitaus stämmiger, massiver und fester vor als seine stehengebliebenen Nachbarn. Das ist ein Baum, dachte ich mir, so also sieht ein richtiger Baum aus.
Ich steckte mir eine Zigarette an, die augenblicklich die Farbe einer Maispapier-Gauloise annahm, obwohl ich sie gegen den Regen abzuschirmen versuchte. Nun erkannte ich, woher der leuchtende Punkt gekommen war. Auf der anderen Seite der Platane stand ein zweiter Wagen mit einem zweiten Fahrer. Doch da sich mein Brustkorb hob und senkte und mein Herz raste, erfüllten mich vorläufig weder Fahrer noch Gefährt mit besonderer Neugier.
Schließlich vernahm ich eine Männerstimme: »Ah ça – ça c'est commode!«
Mir kam nichts als ein einfältiges »Oui« in den Sinn.
Zuerst Schweigen, und dann:
»Hallo, Sie da. Sind Sie Engländer?«
»Ja … jawohl.«
Es war kein angenehmes Gefühl, sich mit jemandem zu unterhalten, ohne ihn zu sehen. Wo war er? Weshalb zeigte er sich nicht?
Sein Wagen allerdings war zum Vorschein gekommen: ein Rolls-Royce, höchstwahrscheinlich silberfarben. Mit Sicherheit hätte sich der Farbton nur bei Tageslicht bestimmen lassen, wie bei einem Paar neuer Schuhe, das man in einem Geschäft mit fluoreszierender Beleuchtung anprobiert hat.
Wenige Sekunden später trat der Fahrer vor, der sich keineswegs aus böser Absicht so lange im Dunkel gehalten hatte.

Vielmehr hatte er auf dem linken Damm gestanden und war deshalb hinter dem verhedderten, zusammengepreßten Blätterwerk des gräßlich zersplitterten Baumes meinem Blick entzogen gewesen. Er war großgewachsen und Mitte vierzig. Im Halbdunkel wirkte er zwar nicht gerade rundlich, aber doch vollkommen konturlos. Er trug einen elegant geschnittenen blauen oder blau-grauen Nadelstreifenanzug und hatte sich hastig einen Trenchcoat um die Schultern geworfen. Verwegen umrahmte der hochgeschlagene Kragen seinen Hals.
Mit einer Geste unklaren Inhalts winkte er mir über den Stamm hinweg zu.
»Jean-Marc Cheret. Tut mir leid, daß wir uns nicht die Hand reichen können«, sprach er in gestelztem, akzentfreiem Englisch.
»Guy Lantern.«
Wir näherten uns gleichzeitig dem Stamm wie zwei Tennisspieler, die am Ende einer schweißtreibenden Partie auf das Netz zugehen.
Regen prasselte auf Cherets Trenchcoat nieder. Er wirkte eher gereizt als entnervt. Gedankenlos versetzte er dem Stamm einen Tritt, aus reiner Verärgerung, und nicht, weil er geglaubt hätte, ihn dadurch fortbewegen zu können.
»Merde! Oh, merde merde merde merde merde!«
»Es hätte wohl noch schlimmer kommen können«, sagte ich leichthin.
»Noch schlimmer?«
»Er hätte auf einen von uns fallen können.«
»Ach so«, sagte Cheret. »Stimmt, er hätte auf einen von uns fallen können. Oder auch auf uns beide. Er hätte uns beide mit einer Klappe ...« Er seufzte, da ihm sein Sarkasmus genauso nutzlos vorkam wie mir. »Doch da uns dieses Schicksal schon erspart geblieben ist, was sollen wir nun tun? Wir können nicht die ganze Nacht hier stehen. Und wie Sie sehen,

verläuft links und rechts von der Straße ein Graben. Wir können nicht darum herumfahren.«

Ich prüfte die Lage. »Hören Sie«, sagte ich, »wie finden Sie das? Ich würde vorschlagen, einer von uns wartet am Straßenrand, ob ein Auto kommt, während der andere wendet und sich nach einem Telefon oder einer Garage umsieht.«

»Il n'en est pas question«, erwiderte Cheret schroff, als führe er ein Selbstgespräch. Dann sagte er in verbindlicherem Ton: »Verzeihen Sie. So ungern ich es zugebe, aber dieser Baum und der Blitz – wir verdanken den beiden zweifellos unser Leben. Ich weiß ja nicht, wie es Ihnen geht, aber ich hätte Ihr kleines Auto gerammt, wäre ich nicht rechtzeitig zum Stehen gebracht worden. Doch Ihr Vorschlag – der kommt leider nicht in Frage. Ich muß eine Fähre erwischen, die letzte Fähre von Cherbourg. Ich muß sie unter allen Umständen erwischen.«

»Tut mir leid, aber ich wüßte nicht …«

Er schnitt mir das Wort ab.

»Moment mal, Sie haben mich da auf eine Idee gebracht. Wie sehen Ihre Pläne aus?«

»Wie bitte?«

»Ihre Pläne, Ihr Programm – ich meine, wohin soll's denn jetzt gehen?«

Die Frage verdutzte mich, doch ich sah keinen plausiblen Grund, sie nicht zu beantworten.

»Nach Saint-Malo.«

»Saint-Malo?«

»Ja, ich bin sozusagen auf Urlaub hier.«

»Saint-Malo, das ist ideal. Und wie lange, wenn ich fragen darf?«

»Für fünf oder sechs Tage, spätestens am übernächsten Montag muß ich wieder in England sein.«

»Ausgezeichnet. Dann können wir ja ins Geschäft kommen«, meinte Cheret.

»Ins Geschäft? In was für ein Geschäft denn?«
»Aber haben Sie das denn noch nicht erraten, guter Freund?« fuhr er kumpelhaft fort.
(*Hatte* ich es erraten? Womöglich schon.)
»Ein Tauschgeschäft«, sagte Cheret nun beinahe jovial. »Wir müssen die Wagen tauschen.«
Ich kicherte. »Das meinen Sie doch wohl nicht im Ernst?«
»Aber natürlich meine ich das im Ernst.« Cheret schnurrte nun so sanft wie der Motor seines Rolls'. »Es ist die einfachste, die eleganteste Lösung für unsere beiderseitigen Schwierigkeiten. Es ist die *einzige* Lösung. Hier ...« Über den Baumstamm hinweg reichte er mir ein quadratisches weißes Kärtchen. Darauf eingeprägt konnte ich in der schwach flackernden Flamme meines Feuerzeugs die Worte lesen:

JEAN-MARC CHERET
SPECIALISTE EN BEAUX-ARTS

Und in der rechten unteren Ecke:

Villa Lazarus
14 rue du Pavot
Saint-Malo
36125212

»Ich bin, wie Sie sehen können, Kunstexperte. Ich – tja, wie sage ich das denn am besten? – ich habe Kunden, die ich berate. Die mich dafür bezahlen, daß ich sie berate. Sehr großzügig, wie ich vielleicht beifügen sollte. Einer dieser Kunden bedarf meiner Dienste. Drüben in England. Ein libanesischer Gentleman, reich und freigebig – eine leider immer seltener werdende Verbindung –, der sehr schöne, sehr kostbare *objets d'art* liebt. Soeben habe ich von ihm einen dringlichen Anruf erhalten, einen jener Anrufe, die man, na ja, nicht ›abschlägig bescheiden‹ darf.« Die Anführungszeichen, wiewohl gewiß nicht absichtlich gesetzt, waren nicht zu überhören, als sich Cheret die fremde Formulierung auf der Zunge zergehen ließ. »Ich werde mich höchstens zwei oder drei Tage in England aufhalten – so lange, bis ich meinen Kunden beraten und ein paar alte geschäftliche Kontakte in der Cork Street aufgefrischt habe, und anschließend fahre ich nach Saint-Malo zurück. Begreifen Sie doch, wenn wir die Wagen tauschen, können wir beide kehrtmachen, unsere Reise fortsetzen und uns in drei Tagen bei mir zu Hause treffen – die Adresse steht auf meiner Karte –, wo wir sie wieder umtauschen. Keine Probleme, keine Scherereien. Nachdem wir der Polizei den Vorfall gemeldet haben, gehen wir beide unserer Wege. Na, was sagen Sie?«

Wie glaubwürdig Cheret doch wirkte! So glaubwürdig, als wollte er seinen Rolls verkaufen und nicht nur tauschen. Trotzdem.

»Lieber nicht, wenn Sie nichts dagegen haben.«

»Aber warum denn nicht, Herrgott noch mal?«

»Nicht, daß ich Ihnen nicht traue, aber ich möchte die ohnehin mißliche Lage nicht noch komplizierter machen.«

Unwirsch entblößte Cheret im Regen seine Armbanduhr.

»Lantern, sehen Sie nur, wie die Zeit verfliegt. Sie sagen, daß Sie mir nicht trauen.« Er wies meinen Einspruch zurück. »Ich verstehe Ihre Zurückhaltung. Aber objektiv betrachtet erkläre ich mich bereit, Ihnen meinen Rolls-Royce anzuvertrauen, und alles, was ich im Gegenzug für ein paar Tage von Ihnen will, ist Ihr vermutlich sogar gebrauchter ...« Der Satz verklang in einem recht galligen Ton. »Ich habe Vollkasko. Sie auch?«

»Natürlich.«

»Und wo liegt das Problem? Übrigens«, fügte er hinzu, »ent-

stehen nicht genau auf diese Art lebenslange Freundschaften?«
Einen Moment lang stand ich regungslos da. Es schüttete in Strömen. Die Haare klebten mir an der Stirn. Der Hemdkragen schnürte sich klamm um meinen Nacken. Langsam, aber unaufhaltsam sickerte Wasser in meine Schuhe. Nur wenige Meter vor mir ruhte der schimmernde Rolls.
»Ja – abgemacht«, hörte ich mich sagen.
»Sehr vernünftig«, sagte er und warf abermals einen Blick auf die Uhr. Dann hastete er zum Rolls zurück und holte flugs einen glänzenden schwarzen Aktenkoffer und eine Reisetasche heraus.
»Und denken Sie dran, er hat Linkssteuerung«, sagte Cheret, als er zurückgekommen war. »Daran werden Sie sich schnell gewöhnen. In Frankreich fährt es sich damit angenehmer als mit dem Ihren. Und wir treffen uns dann also am Donnerstag in der Villa. Oder auch am Freitag, ganz wie Sie wollen. Lassen Sie sich ruhig Zeit. Viel Spaß.«
Ich zögerte noch immer, als sei die Entscheidung noch nicht gefallen. Doch die ungehörige Flinkheit, mit der Cheret seinen Teil der Vereinbarung in die Tat umsetzte, ließ mir keine Zeit, sie zu überdenken. Ich zog mein Gepäck aus dem Mini, einen ramponierten Koffer und zwei Tennisschläger. Cheret hatte inzwischen seiner Reisetasche ein frisches weißes Hemd entnommen. Er entfaltete es, brach einen Ast von der Platane und hißte im Regen eine behelfsmäßige Flagge.
»Das muß reichen. Aber denken Sie dran – bei der ersten Telefonzelle verständigen Sie die Polizei.«
Ich nickte. Daraufhin tauschten wir mit einem gegenseitigen *bon voyage* die Autoschlüssel und kletterten aneinander vorbei über den Baum. Nervös stieg ich in den Rolls, der ein weitaus geräumigeres Gefährt als mein Mini war, und machte es mir in seinem stilvollen eichenbraunen Interieur bequem. Durch

die dunkle Windschutzscheibe konnte ich knapp die zierliche Kühlerfigur erkennen, den versilberten »Spirit of Ecstasy«. Ich ergriff mit beiden Händen das Lenkrad und ließ sie ein paar Sekunden darüber gleiten, bevor ich den Zündschlüssel umdrehte.
Eine Minute später machten unsere beiden Wagen, Gottes Spielzeugautos, gleichzeitig und wie ferngesteuert kehrt und fuhren in entgegengesetzter Richtung davon.

Es war schon fast neun Uhr abends, als ich – unterwegs hatte ich angehalten, um wie vereinbart die Polizei zu verständigen, und anschließend verschlang ich weiter dieselbe eintönig dunkle und stumme Straße, verdaute sie und schied sie hinter mir aus – endlich die Randbezirke von Saint-Malo erreichte.
Ich muß gestehen, daß Saint-Malo auf mich zuerst genau den gleichen reizlosen und ungastlichen Eindruck machte wie alle französischen Provinzstädte, in die ich je gekommen war. Alte Häuser mit heruntergelassenen Rolläden und moderne Blocks mit Sozialwohnungen wechselten sich ab. Eine düstere Straßenecke wurde jählings vom eisigen Licht einer Selbstbedienungstankstelle überflutet, als käme es aus dem geöffneten Kühlschrank einer ansonsten dunklen Küche. Von Fußgängern war nichts zu sehen. Das hübsche Saint-Malo, das schmucke Saint-Malo, das pittoreske Saint-Malo des Reiseführers, den ich am Morgen in meinen Koffer gesteckt hatte, befand sich anderswo, doch die Straßen, durch die ich kam, waren von einer solchen Anonymität und Enge, daß ich die Größe und Pracht des Rolls-Royce zum erstenmal, seit ich mich von Cheret verabschiedet hatte, als unangenehm empfand. Als ich schließlich, und dies an einem umwerfend tristen Sonntagabend, sogar zweimal den Rückwärtsgang einlegen mußte, um andere Wagen durchzulassen, beschloß ich, beim ersten halbwegs respektablen Hotel haltzumachen.

Ich brauchte nicht lange weiterzufahren. Als ich um eine Straßenecke bog, erblickte ich im schräg fallenden Regen sogleich die senkrechten Buchstaben *H, O, T* und *E* – und noch als ich hinsah, leuchtete das fehlende *L* auf, blinzelte zuckend ein- oder zweimal, als sei ihm ein Staubkorn ins Auge geraten, und erlöschte flackernd wieder. Ich verlangsamte die Fahrt, um alles genauer betrachten zu können. Es handelte sich um eine Ein-Stern-Herberge, an deren schmuckloser Fassade gleichwohl jene unzähligen Plaketten prangten, die in Frankreich auch noch die schäbigsten Hotels im Lauf der Jahre ergattern. In der trostlosen Empfangshalle brannte zwar Licht, doch zu sehen war niemand. Hinter den unansehnlichen Spitzengardinen eines ebenerdigen Fensters machte ich einen Raum aus, der sowohl als Bar wie als Fernsehzimmer zu dienen schien. Schwach zu erkennen war das blaßblaue Leuchten eines flimmernden Bildschirms, doch sah ich niemanden davor sitzen.

Obwohl ich Hotels gegenüber noch nie sehr wählerisch gewesen bin, hätte ich dieses gewiß links liegen lassen, wären da nicht die späte Stunde und der Regen gewesen; wäre da nicht zugleich die Tatsache, die unabweisbare Tatsache gewesen, daß an das eigentliche Hotel ein kleiner Hof anschloß, in dem bereits drei Autos ihr Nachtlager aufgeschlagen hatten. Da ich nur ungern den Wagen eines Fremden auf der Straße parkte und allmählich auch einen Anflug von Reue darüber verspürte, mich auf Cherets irrwitzigen Plan eingelassen zu haben, faßte ich einen schnellen Entschluß und bog in den Hof ein.

Das Hotel trug den ulkigen Namen L'Hôtel de l'Apothéose. Ich wartete eine Weile vor dem unbesetzten Empfangsschalter. Unter dessen durchsichtiger Glasplatte, die sich an meinen feuchten Fingern so glatt und zerbrechlich anfühlte wie die Glasur auf einer *crème brûlée,* lag eine aufgeklappte Karte der Region, versehen mit prustenden Ost- und Westwinden und zwergenhaften Golfspielern, Seglern und Wasserskifahrern. An der gegenüberliegenden Wand befand sich ein quadratisches Regal mit Fächern, viermal vier, in dem jeweils der Schlüssel zu einem der Zimmer lag – oder auch nicht. (Es fehlten bloß zwei der sechzehn Schlüssel.) Daneben hing die Reproduktion eines Seestücks von Dufy sowie eine Auflistung verdächtig günstiger Zimmerpreise. Auf dem Schalter selbst lag neben einem altmodischen schwarzen Telefon, das so schwer und gestaltlos aussah wie das stumpfe Werkzeug eines Räubers, ein zusammengerolltes Exemplar von *L'Equipe*. Es gab auch eine winzige Klingel, auf die ich nach kurzem Zögern schlug. Zu meiner Verblüffung schoß hinter dem Schalter augenblicklich ein Nachtportier hoch, der dort auf einem Sofa gelegen hatte.

Er war ein älterer Mann mit korsischen Gesichtszügen und einer proletarisch dunklen Hautfarbe, die er sich bestimmt nicht in Saint-Malo zugezogen hatte. Er blinzelte ein-, zweimal, als könne er, wie er mich vor sich sah, seinen schläfrigen Augen kaum trauen. Dann sagte er mit breitem Marseiller Akzent:

»Monsieur?«

Ich bat um ein Zimmer mit Bad oder Dusche.

»Ce sont toutes des chambres avec salle de bain«, antwortete er.

Er wandte sich dem Regal zu, nahm den allerersten Schlüssel vom Haken und reichte ihn mir.

»C'est au premier. Bonne nuit, monsieur.«

Und damit schien die Sache auch schon ihr Bewenden zu haben.

Ich war einigermaßen konsterniert. Noch nie hatte ich in einem Hotel Zimmernummer 1 gehabt. Auf so etwas ist man einfach nicht gefaßt, genausowenig wie darauf, als allererster Passagier in ein Flugzeug zu steigen. Verständnislos betrach-

tete ich für Sekunden den Schlüssel, derweil mich der Nachtportier mit seinem Lächeln bei Laune hielt. Schließlich erkundigte ich mich, ob nicht noch gewisse Formalitäten zu erledigen, vielleicht noch irgendwelche Papiere auszufüllen seien. Ob er denn nicht einmal meinen Namen wissen wolle?
Der Portier schüttelte den Kopf.
»Le matin, monsieur. Vous ferez tout ça le matin. Ne vous inquiétez-vous pas, monsieur.«
Ob man mir wohl, erkundigte ich mich, etwas zu essen aufs Zimmer bringen könne – doch kaum hatte ich die Bitte ausgesprochen, wußte ich auch schon, wie töricht sie war.
Traurig schüttelte der Portier den Kopf, als sei er ganz meiner Meinung, und griff nach der zusammengerollten *Equipe*.
»Mais non, vous voyez bien, y a pas de tel service ici. Bonne nuit, monsieur.«
Ich wandte den Blick zur Glastür am Ende der Halle. Noch immer regnete es. Außerdem war ein stürmischer Wind aufgekommen: Im länglichen Türrahmen schwankten drei Matrosen wie betrunkene Pierrots vorüber. Kurz darauf stapfte ein Mann im Regenmantel am Hotel vorbei und trug seinen großen gestreiften Regenschirm wie einen Rammbock im rechten Winkel vor sich her. Als ich noch hinsah, stülpte der Wind den Schirm um und riß den Mann nach vorn, außer Sicht. Seufzend griff ich nach meinem Koffer – ich bat den Portier gar nicht erst, ihn mir hinaufzutragen – und stieg durch das dunkle Treppenhaus zu meinem Zimmer hoch, das in seiner bescheidenen, sauberen und zweckmäßigen Art genau wie jedes andere kleine Hotelzimmer auf der Welt aussah.
Um halb elf legte ich mich schlafen, nachdem ich ausgepackt und geduscht hatte. Ich öffnete – mehr aus Gewohnheit als aus Angst, es werde in der Nacht besonders laut werden – eine Schachtel Ohrpfropfen, *boules Quiès* aus rosarotem

Wachs, und stopfte mir die einzigen noch unbenutzten in die Ohren.
Sie waren noch genauso flaumig wie damals beim Kauf und unter dem Flaum so rosig wie Marzipan. Ich erinnere mich nicht, wann ich einschlief.

Um halb neun wurde ich wach, obwohl ich bestimmt noch länger geschlafen hätte, wenn mich jenes vorwitzige Licht nicht sanft aus der Besinnungslosigkeit gerüttelt hätte, das durch das Fenster flutete, weil ich es am Vorabend versäumt hatte, die Jalousie herunterzulassen. Es war keine gute Nacht gewesen. Ich hatte denselben Traum geträumt, den ich dauernd träumte, jenen Traum, der kein Traum, sondern eine bestürzend klare Kopie – getreu bis ins kleinste Detail, soweit ich das noch beurteilen konnte – jenes Ereignisses war, das mir damals, als es sich in Wirklichkeit abgespielt hatte, auf paradoxe Weise wie ein Traum erschienen war: das Quietschen der Reifen, der gotische Bogen schneebeladener Bäume über unseren Köpfen, der einsame Schneemann auf dem Acker, der in der Sonne in Ohnmacht sank wie ein Wachtposten, Ursulas Gesicht im Moment des Aufpralls, ihr Gesicht, das ich hilflos anstarrte …
Ich riß das Fenster auf und streckte den Kopf hinaus. Der Tag war trocken und frisch, der Himmel weiß. Es regnete nicht mehr, und der Wind hatte sich weggeblasen. Mit schlaffen Segeln trieb Saint-Malo langsam ins Meer hinaus.
Ich trottete ins Bad, um mich zu rasieren. Es war bereits nach neun, und ich hatte es verpaßt, mir das Frühstück aufs Zimmer bringen zu lassen. (»Le petit déjeuner complet est servi dans les chambres entre 7.30 et 09.00«, unterrichtete mich ein Merkblatt an der Tür. »Le petit déjeuner anglais: supplément de 45 francs.«) Ich würde für Kaffee und Croissant also in die Stadt gehen müssen.

Unten in der Halle fand sich eine stolze kleine Kofferfamilie – Vater, Mutter und ein halb so großes Zwillingspaar –, alle in Schottenkaro gekleidet, sittsam vor dem Empfangsschalter aufgereiht, doch noch immer war kein Mensch zu sehen, weder ankommende noch abreisende Gäste, niemand außer jenem Portier, mit dem ich mich bereits am Vorabend unterhalten hatte.
Wie das Wetter zeigte auch er sich verändert. Zum einen hatte er sich die Wolken aus dem Gesicht rasiert, zum anderen die Schmutzfurchen aus den zerklüfteten Runzeln gespült. Als ich auf den Schalter zutrat, begrüßte er mich strahlend auf englisch.
»Guten Morgen, Monsieur. Sie haben gut geschlafen, ich hoffe?«
»Sehr gut, vielen Dank«, antwortete ich und schob ihm den Schlüssel hin. »Ob ich mich jetzt wohl eintragen dürfte?«
»Leider die *patronne* ist noch nicht da, Monsieur. Aber das ist überhaupt kein Problem. Wenn Sie wieder heute nachmittag kommen, okay?«
»Ganz wie Sie wünschen«, sagte ich gelassen, so wunderlich es mir auch vorkam, daß er weiterhin kein Interesse daran zeigte, meinen Aufenthalt im Hotel offiziell festzuhalten. Nun vergewisserte ich mich, ob in der einen inneren Brusttasche meiner Jacke tatsächlich der Geldbeutel, in der anderen der Reisepaß stecke, und wollte mich auf den Weg machen.
»Er gehört doch *Ihnen*, nicht wahr?« sprach mich der Portier unvermittelt an.
»Mir?«
»Der Wagen.«
»Der ... ach, ich verstehe, Sie meinen den ...« Ich warf einen Blick hinaus auf den Parkplatz. »Mhm ...« Und dann hörte ich mich schamlos behaupten: »Ja, stimmt, zu meiner Schande muß ich gestehen, er *gehört* mir.«

Er schüttelte schlackernd die rechte Hand, die typische Geste des französischen Proleten, der Neid und Bewunderung ausdrücken will.
»Belle bagnole! Une Rolls-Royce, n'est-ce pas? Ou plutôt, comme vous l'appelez tous, vous autres Anglais, une ›Rolls‹.«
»Eigentlich ein Royce.«
»Une quoi?«
»Ein Royce. Une ›Royce‹, pas une ›Rolls‹.«
Er starrte mich freudig verwundert an.
»Nicht, daß das viel zu besagen hätte«, sagte ich einfältig lächelnd, und weiß der Himmel, wie – oder auch warum – ich auf diese Belanglosigkeit verfiel, »aber wir, die wir einen besitzen, nennen ihn einen Royce.«
»Une Royce, dites-vous? Première nouvelle, monsieur.«
»Wie gesagt, man muß schon einen besitzen, um das zu wissen.«
Ich nickte ihm zum Abschied zu und trat beschwingt auf die Straße hinaus.

Vom nächtlichen Regen sauber gewaschen, glitzerte der Rolls in der Morgenluft. Wie vermutet war er silberfarben, und jetzt, da ich ihn zum erstenmal bei Tageslicht sah, wurde ich ehrlich überwältigt von der Pracht dieses Wagens, fraglos des besten auf der Welt. Ich beobachtete, wie Passanten – so wenige es gab, lag doch das Hôtel de l'Apothéose offensichtlich in einem ziemlich abgelegenen *quartier* – den Kopf nach links oder rechts wandten wie bei einer Militärparade und ihn im Vorübergehen anstarrten. Nie zuvor hatte ich wirklich begriffen, wie radikal materieller Besitz das Selbstverständnis umkrempeln kann.
Irgendwo in der Ferne kreischte eine Möwe. Der Zufall wollte es, daß am Ende der Straße, durch die ich unschlüssig ging, ein nicht allzu belebt wirkendes Café lag, in dem ich nun zu

frühstücken beschloß. Meine Wahl fiel auf einen Tisch im hinteren Teil des miefigen Raums, und ich bestellte eine heiße Schokolade sowie ein Croissant. Hinter mir hörte ich das merkwürdig anheimelnde Klicken von Murmeln, die von Hindernis zu Hindernis gepufft wurden und die schiefe Ebene eines Flippers hinunterrollten. Ich schlug meinen Saint-Malo-Führer auf und begann zu lesen.

An die nordwestliche Seite vom Frankreich-Hexagon, halbwegs zwischen Cape Fréhel und die Landspitze Grouin, formt die Bucht von Saint-Malo ein Teil von Küstenabschnitt des Ärmelkanal, den man seit Anfang Jahrhundert als Smaragdküste bezeichnet und zwischen Erquy und Granville auch die Bucht von Mont Saint-Michel einschließt. Von Ost nach West hat diese Küste mannigfache partikuläre Landschaften darzubieten. Nach Osten, von Cancale bis zum Mundstück von Sélune, gibt es die unermeßliche flache Ausdehnungen von Mont Saint-Michel Bucht mit ihren vom Meer abgeringten Poldern sowie die Sandstrände, von denen die Flut an bestimmte Punkte bekanntlich über zehn Kilometer von Küstenlinie zurückzieht.

Ich konsultierte das Inhaltsverzeichnis des Führers, den ich in der Buchhandlung Blackwell in Oxford erstanden hatte. Es fand sich darin weder eine Angabe über den Autor noch ein anderer Hinweis darauf, daß es sich bei dem Text um eine Übersetzung aus dem Französischen handelte – was ja im Grunde auch nicht der Fall war. Ich überflog die nächsten Abschnitte.

Die Festungsmauern selbst formt der klassische Saint-Malo Rundgang, der jeder achtbare Bürger (oder Malouin) zu machen mindestens einmal im Tag sich angelegt sein läßt! Ohne zu beeilen kann man so in weniger als eine Stunde die ganze Stadt um-

runden, was notabene keine große Stadt ist, da ihr Umfang nicht eine Seemeile (1'852 Meter) überbietet. Wenn man Saint-Malo auf diese Fasson umkreist, kann man Ort sowie auch Architektur besser abschätzen. Die Festungsmauern formen ein großer Balkon über Strande und Bucht, wo man besonders in Hochsaison die Bewegungen von Segelrennen und Windsurfen verfolgen kann.

Ob dies nun trotz oder gerade wegen dieses krausen Lobgesangs geschah, hätte ich nicht recht sagen können, jedenfalls dachte ich: Warum nicht? Ich würde den Beginn meines Urlaubs in Saint-Malo mit dem berühmten klassischen Rundgang zelebrieren.

Nachdem ich im Café bezahlt hatte, spazierte ich, geleitet vom allgegenwärtigen Duft des Atlantiks, durch die ruhigen Straßen jenes Stadtteils, in dem ich die Nacht verbracht hatte – Straßen, in denen nichtssagende und nicht einmal besonders hohe Bürogebäude, zweifellos nach der Bombardierung durch die Alliierten, wie Unkraut in einer Blumenrabatte aus dem Boden geschossen waren. Ich betrat die eingefriedete Altstadt durch das noch immer so bezeichnete Neue Tor – welches laut einem Schild im Jahre 1709 errichtet worden war – und passierte eine gewölbte Arkade, in der sich Saint-Malos Wappen mit dem Motto *Semper Fidelis* fand. Dann bog ich in eine gepflasterte Passage ein, deren verliesartige Tür auf einen schattigen Winkel hinausging, in dem man im siebzehnten Jahrhundert, wie mein Führer mich aufklärte, sämtliche Reisende, die nach dem Läuten der Abendglocke um zehn Uhr noch Einlaß in die Stadt begehrten, über Nacht festhielt. Schließlich erklomm ich die Festungsmauer, die sich die Küste entlangschlängelte wie die Chinesische Mauer.

Den Himmel überzogen schmale blaue Streifen, denen, so hoffte ich wenigstens, im Laufe der nächsten Tage wolkenloses Wetter folgen würde. Die Festungsmauern waren bereits voll von promenierenden Paaren, die mit ihren Kameras auf den austernfarbenen Ozean und das von Möwen umkreiste Fort National zielten, aber auch auf den zu diesem hinausführenden felsigen Fußweg, den die Ebbe ganz schmierig zurückgelassen hatte. Es gab Hunderte solcher Paare, junge, ältere und auch ganz alte – letztere zumeist aus England –, welche Plastikregenmäntel trugen, die im fahlen Sonnenschein flimmerten. Aber auch Familien aus allen möglichen Ländern befanden sich darunter, deren Kinder fröhlich vorauseilten, bis sie die Angst beschlich, sie könnten ungewollt den Aktionsradius ihrer Eltern verlassen haben: Seltsam vergnügt betrachtete ich, wie die kurzen Beinchen abrupt zum Stillstand kamen und die Kleinen im Meer der ungeschlachten fremden Körper den Hals reckten, bis sie unter all den namenlosen Gesichtern erleichtert ein paar erkennbare Mienen aufgespürt hatten. Auch ganze Reisegruppen aus Deutschland, der Schweiz und Japan waren da – ja, selbst eine allgegenwärtige Schar Schwarzafrikaner, die ich nie ganz abzuschütteln vermochte. In ihrem Kreis, in dem ich mich auf einem Teilstück des *chemin de ronde* wiederfand, im Kreis ihrer maskulinen schwarzen Gesichter und blendend weißen Zähne, kam ich mir vor wie jene einzelne unappetitliche weiße Praline, die in einer Schachtel voller gewöhnlicher dunkler bis zuletzt übrigbleibt. In diesem Moment bedrängte mich jäh die fatale Frage, die über mir schwebte, seit ich das Hotel – und vielleicht auch schon, seit ich England – verlassen hatte, und der ich nun nicht mehr ausweichen konnte. *Mein Gott, was mache ich hier?* Freudlos sah ich mich um. Soviel stand fest: Abgesehen von mir war niemand – weder Frau noch Mann – allein. Kein Mensch. In meinem Alleinsein war ich doppelt allein: Ich war auch darin allein, allein zu sein. Bestimmt wirkte ich wie der trostloseste aller Menschentypen, jener Typ, um den die große, pulsierende Gemeinschaft der Lebenden einen größeren Bogen macht als noch um den elendesten Schuft: ein »trauriger« Mensch, von dem alle vermuten, er habe »nicht viel vom Leben«. Wie gesagt, es war in jenem Moment – so kindisch und unsinnig dies jemandem erscheinen mag, der noch nie in eine solche Lage gekommen ist, denn es geschah kaum eine Stunde, nachdem ich das Apothéose ganz aufgeräumt verlassen hatte –, als mir aufging, daß ich so nicht weitermachen konnte. So konnte ich einfach nicht weitermachen.

Was für ein grotesker Einfall war es doch gewesen, eine ganze Woche allein in Saint-Malo zu verbringen. In Saint-Malo! Um Himmels willen, warum nur in diesem öden alten Saint-Malo? Warum nicht in Boulogne, wie ein rüpelhafter Tagesausflügler, der sich mit billigem Rotwein eindeckt? Warum nicht in Dieppe, wie um die Jahrhundertwende Robbie Ross und Reggie Turner, die sich noch einbilden konnten, sie seien tatsächlich »auf Reisen«, bloß weil sie den Ärmelkanal überwunden hatten. Warum nicht in Ostende, wie eine alte Jungfer aus Cheltenham, die ihr Erbe verjubelt – doch selbst Jungfern reisen zu zweit!

Saint-Malo? Wer schert sich einen Deut, wer schert sich einen Dreck, wer schert sich den Teufel um seine Festungsmauern, um seine *›harmonische und symmetrische Ingenieursarchitektur«*, wie es mein Stadtführer musterhaft ausdrückte, um sein abgeschmackt benanntes Hôtel White, in dem Chateaubriand seine Kindheit verbracht hatte? Wer schert sich einen Deut um Chateaubriand oder dessen Kindheit? Niemand, nicht wirklich, nicht aufrichtig, nicht in tiefster Seele – nicht eines dieser Paare, nicht eine dieser Familien und Gruppen, deren ziellos umherschweifende Wege ich kreuzte, und die sich doch alle, wie ich wußte, *wie ich wußte,* ebenso hoffnungslos verloren fühlten wie ich, die sich aber alle wenigstens miteinander verloren fühlen konnten. Ein paar von ihnen ertappte ich tatsächlich dabei, wie sie verstohlen auf die Uhr sahen, als

fragten sie sich, wann sie denn nun, ohne unangenehm aufzufallen, zusammenpacken und nach Hause fahren durften, wo das Leben Ziel und Richtung hatte, auch wenn sich diese nicht immer genau bestimmen ließen. Hier gab es kein Ziel, hier gab es keine Richtung, abgesehen vom berühmten klassischen Rundweg, den keiner von uns zu verlassen wagte.
Was für eine Farce! Was mochte ich mir bloß gedacht haben? Wie furchtbar verstiegen doch alle Verheißungen und Vorhaben erscheinen, die wir ins Reisen projizieren – und sei es bloß in eine klägliche Ferienwoche in Saint-Malo –, kaum sehen wir uns mit dem realen Ort konfrontiert. Ist es denn unser Schicksal, uns selbst nie ausloten zu können, mit uns selbst nie ins reine zu kommen?
Nein, nein, ich konnte so nicht weitermachen. Die schalen Reize des Malerischen lagen plötzlich wie Blei auf meinen Schultern. Ich fühlte, wie sich meine Uhr fest ums Handgelenk krallte und, einem Blutegel gleich, die Zeit daraus sog. Ich kam mir auffällig vor, auffällig abgesondert. Ich kam mir vor, als würde ich, sollte ich auch nur einen Tag, ja eine Stunde länger in diesem gottverlassenen Nest bleiben, am Ende ein erbärmlich belangloses Gespräch mit irgendeinem netten alten englischen Ehepaar anknüpfen, das friedlich und allein auf dem *chemin de ronde* spazierte, oder sogar – was für ein scheußlicher, was für ein erniedrigender Gedanke! – mit einem elenden Einzelgänger wie mir, immer vorausgesetzt, ich konnte einen solchen überhaupt finden.
Mir schwirrte der Kopf, und ich fürchtete, gleich einen jener kurzen, aber heftigen Anfälle zu erleiden, die in den vergangenen Monaten zu den beängstigenderen Nebenwirkungen meiner Medikamente gehört hatten. Zu meiner Linken, über dem Wald der vor mir wogenden Menschheit, erspähte ich eine steile Steintreppe, die in die Altstadt zurückführte und auf die ich nun möglichst geschwind zuhielt. Ich nahm drei Stufen

auf einmal und verlor fast den Halt in meinem gereizten Verlangen, von den Festungsmauern wegzukommen. Unten herrschte Ruhe, und Spaziergänger waren keine zugegen. Mit zitternder Hand zündete ich mir eine Zigarette an und schritt, gierig inhalierend, lange auf und ab.

Ich gönnte mir, was sonst gar nicht meine Art ist, noch eine zweite und dritte Zigarette. Um ein Uhr, nach jener dritten, fühlte ich mich ruhiger und innerlich besänftigt. Nun konnte ich zur Tat schreiten. Vorbei an Konditoreien und Kiosken, die Postkarten und Souvenirs feilboten, und an Cafés, in denen nichts als bretonische *galettes* und *crêpes* serviert wurden, durch schmale, kurvenreiche Straßen, die wegen der Menschenmassen nahezu unpassierbar waren, schlenderte ich zurück zum Hôtel de l'Apothéose. Ich ließ mir Zeit, mußte ich doch meine Gedanken sammeln.

Die Reise war ein furchtbarer Fehler gewesen, soviel war mir klar – und selbst der Nachtportier des Hotels schien begriffen zu haben, daß mein Aufenthalt von keiner Dauer sein würde, die eine förmliche Eintragung rechtfertigte. Und ich stellte mir bereits die Frage, ob ich noch am selben Tag nach England zurückreisen sollte, ob ich, anstatt mich hier für schlechte Zeiten schadlos zu halten, die erste Fähre nehmen sollte, auf daß außer mir niemand je von meiner Torheit erfahre – als ich mich dem Hotel näherte und auf dem Parkplatz Cherets Auto erblickte. Der Rolls! Der verfluchte Royce! Mit beinahe nacktem Entsetzen wurde mir bewußt, daß ich noch mindestens drei Tage in der Bretagne festsaß. Ich konnte nicht weg – nicht, bevor Cheret mit meinem Mini zurückkam. Tränen schossen mir in die Augen. Zum Henker mit ihm! Zum Henker mit seiner genialen Lösung für unser gemeinsames Problem!

Gleichzeitig wurde mir aber auch bewußt, daß ich einen Bärenhunger hatte. Ich entriegelte die Wagentür, ließ mich auf den Fahrersitz gleiten und durchblätterte flüchtig meinen Führer. Da mir die Aussicht zuwider war, allein in einem gehobenen Restaurant zu speisen, verfiel ich schließlich auf ein Lokal, das nicht vom Führer empfohlen, sondern bloß am Rand einer Seite beworben wurde. Das Inserat zeigte ein furchtbar sportliches Paar unbestimmten Alters, das verzückt einen gigantischen Dessertwagen beäugte, der soeben von einem strahlenden *maître d'hôtel* im Smoking an den Tisch gerollt wurde. Tatsächlich tat es mir gerade die Idiotie dieser Anzeige an, wußte ich doch nun, wie schimärisch die Feinschmecker-Phantasien gewesen waren, in denen ich vor meiner Abreise aus England geschwelgt hatte – eine einzige Folge von Gourmetmahlzeiten, verspeist in seliger Einsamkeit. La Belle France! Was für eine Farce, was für eine Farce!

Da nun meine Ambitionen derart zurückgestutzt worden waren und ich bloß noch meinen Hunger stillen wollte, lotste ich den Rolls-Royce gravitätisch wie einen Flugzeugträger vom Hotelparkplatz auf die Straße. Erst jetzt fiel mir nämlich auf, was für eine furchtbar klobige Karre dies doch war! Sie schob sich mit der ganzen dickhäutigen Würde und Bedächtigkeit des Elefanten eines Maharadscha vorwärts und zwang Touristengruppen, die mitten auf der Straße bummelten, aufgescheucht nach links oder rechts zu fliehen. Zum erstenmal beschlich mich deutlich die Sehnsucht nach meinem geliebten, sanftmütigen und unauffälligen Mini.

Nach einigen Minuten beschlich mich aber auch noch etwas anderes. Mehr und mehr hegte ich den Verdacht, beschattet zu werden. Anfangs glaubte ich, jemand sei mir auf den Fersen, ein anderes Auto verfolge mich, und behielt deshalb den Rückspiegel ständig im Auge. Und obwohl ich mich bald vergewissert hatte, daß kein einziger Wagen im Rahmen des Spiegels geblieben war, seit ich das Apothéose verlassen hatte, wurde ich doch den Eindruck nicht los, daß meine Fahrt durch die Stadt unter ständiger unsichtbarer Beobachtung stand, und als ich unter den Festungsmauern durchfuhr, reckte ich den Hals, um nachzuprüfen, ob eines jener dort in regelmäßigen Abständen postierten Fernrohre, in die eine Zehn-Franc-Münze steckte, wer den Horizont in Nahaufnahme zu erkunden wünschte, auf seiner Achse herumgeschwungen worden war und nun auf die Straßen von Saint-Malo hinunterzeigte – hinunter auf mich. Doch es war aussichtslos. Trotz des Schneckentempos, mit dem ich mich durch die unwegsamen Verkehrsadern der Altstadt bewegte, konnte ich die Fahrt nie lange genug verlangsamen.

Dann, vor einer Kreuzung – die Ampel hatte unmittelbar vor mir auf Rot geschaltet –, wurde mein Blick unwiderstehlich von einem Mann angezogen, der die Straße überquerte und ohne ersichtlichen Grund plötzlich den Kopf nach mir umwandte und in die Windschutzscheibe starrte. Doch eigentlich war er mir schon aufgefallen, als er noch am Straßenrand gestanden und die wulstigen Finger über seinem Embonpoint zugehakt hatte wie den Schlangenverschluß am Gürtel eines Schuljungen. Daß ich auf ihn aufmerksam wurde, lag einzig am unermeßlichen Kontrast zwischen seiner schwabbeligen Körperfülle und dem schlanken, adretten kleinen Kerl, der – zuerst rot und besonnen, dann grün und draufgängerisch – auf der Lichtanzeige der Verkehrsampel unmittelbar über dem Kopf des Mannes aufleuchtete. Er faszinierte mich aber auch, weil seine Kleidung einerseits zu förmlich, andererseits zu salopp war: Zu förmlich, da er einen gedeckten maßgeschneiderten Anzug à la Savile Row trug, einen Anzug, der an einem Badeort in der Bretagne völlig deplaciert wirkte; und doch auch zu salopp, da er über diesem Anzug keinen Mantel anhatte, und dies, obwohl die Sonne an diesem Tag noch keineswegs heiß brannte. Nachdem er etwa ein Viertel der Straße überquert hatte, wandte er sich mir zu. Ein fast unmerklicher

Schatten der Besorgnis huschte über sein pausbäckiges Gesicht. Für den Bruchteil einer Sekunde blieb er wie angewurzelt stehen – oder bildete ich mir das bloß ein? – und ging dann weiter. Nun bekam ich endlich Grün.

Die Brasserie, für die ich mich entschieden hatte, entsprach exakt meinen Vorstellungen, ein hell erleuchteter Glaskasten, aus dem mir, als ich durch die Drehtür trat, Lärm und Hektik entgegenschlugen, als hätte ich soeben einen Radioapparat laut aufgedreht. Draußen auf der Terrasse saßen unter einem Baldachin ein paar schlotternde Gäste dicht zusammengedrängt beim Mittagessen und schirmten ihre *croque-monsieurs* vor dem Wind ab. Im Inneren war es dagegen feuchtwarm. Ich blieb auf der Schwelle stehen und überlegte, ob ich umkehren und mein Glück anderswo versuchen sollte. Aber wo?

Niemand nahm mich in Empfang, niemand begehrte mich zum Kunden. Für alle ringsum schien ich Luft zu sein. Verloren stand ich da, während die Kellner mit ihren Tabletts voller *choucroute* zirkulierten – offenbar eine Spezialität des Hauses –, aber auch mit Krustentieren auf schwarzem Seetang und »Hummer Thermidor«, prächtig wie Kronjuwelen in den hinreißend roten Schalen. Ich versuchte möglichst niemandem im Weg zu stehen, doch wo ich auch hintrat, irgendwem schien ich immer in die Quere zu kommen. Man hätte glauben können, allein meine Gegenwart, ja mein Alleinsein an sich, wirke auf jene Unglücklichen, die sich in meiner Nähe verpflegen mußten, wie ein leichtes Betäubungsmittel, ein mildes Sedativum. Ich konnte tatsächlich hören, wie ihre Konversation bei meinem Nähertreten an Schmiß und Schwung verlor. Und noch immer kam niemand und wies mir einen Platz an.

Schließlich trat ich auf den Oberkellner zu und bat um einen Tisch.

Er musterte mich von Kopf bis Fuß.
»Vous êtes seul, monsieur?«
»Oui, je suis«, antwortete ich unbeholfen.
Er wechselte augenblicklich ins Englische.
»Verzeihung, Monsieur«, sagte er und zog die Schultern in parodistisch französischer Manier hoch, »aber wenn Sie allein sind, es wird Sie nicht stören, zu teilen einen Tisch.«
Flink geleitete er mich zu einer *banquette* für zwei Personen, an der bereits ein Herr mittleren Alters vor einem Teller *moules marinière* saß. Mit seiner kohlegrauen Krawatte, dem dunklen Pullover mit V-Ausschnitt unter dem marineblauen Anzug, an dessen Revers eine winzige rote Rosette steckte, und der randlosen Brille war er eindeutig kein Tourist. Er blickte zu mir hoch, als ich aus dem Mantel schlüpfte, nahm von meiner Ankunft mit einem flüchtigen Lächeln Kenntnis und zog ohne große Eile eine noch im Streifband steckende Autozeitschrift von meiner Tischhälfte weg. Der Oberkellner reichte mir eine Speisekarte in halber Zeitungsgröße, und ohne der Sache große Beachtung zu schenken, bestellte ich mir eine Zwiebelsuppe, Seezunge vom Grill und eine Karaffe Weißwein.
Kaum begann ich meine Suppe zu löffeln, sprach mich mein Tischnachbar an.
»Sehen Sie den Wagen dort?« fragte er auf französisch.
»Wie bitte?«
»Ich habe gefragt, ob Sie den Wagen dort sehen.«
»Welchen Wagen denn?«
»Da, auf dem Parkplatz.«
Ich drehte mich um. Eingerahmt vom nächstliegenden Fenster war der Rolls-Royce zu sehen, der sämtliche neben ihm geparkten Wagen in den Schatten stellte. Sein Kühlergrill hatte den spärlichen Sonnenschein im ganzen Umkreis an sich gerissen und grinste uns breit und selbstbewußt an. Keine Frage, das Auto war ein Meisterwerk.

Ich wandte mich wieder meinem Tischgenossen zu.
»Können Sie sich vorstellen, hinter jenem Lenkrad Platz zu nehmen?« fragte er seufzend und wischte sich mit der Serviette den von Nikotin sepiabraun gefärbten Schnurrbart ab. »Wenn ich morgens mit dem Gefühl aufstehen könnte, in diesem Prachtexemplar zur Arbeit zu fahren, müßte man mich nicht zweimal wecken, das dürfen Sie mir glauben.«
»Er gehört mir«, entgegnete ich und hob einen Löffel Suppe zum Mund.
»Was?«
»Er gehört mir. Der Wagen gehört mir.«
Hinter seinen Brillengläsern, die nun in der Mitte seines Nasenbeins ruhten wie ein Paar Ersatzaugen, fixierte er mich ein, zwei Sekunden stumm. Dann wandte er sich mit einem schleimigen Räuspern, in dem ein »Was Sie nicht sagen« mitschwang, erneut seinen *moules* zu und sog erst das Fleisch und anschließend den Saft aus ihnen, bevor er die leeren Schalen – schwarz wie Krähenschnäbel – auf den Haufen legte, der sich in seinem zweiten Teller immer höher türmte.
Erst als ich mit meiner Suppe fertig war und auf die Seezunge wartete, sprach er weiter.
»Eh, dites-moi, mon ami«, sagte er, und sein Teint war ganz rot von dem Dampf, der aus seinem Teller hochstieg.
»Ja?«
»Dieser Rolls-Royce? Sie behaupten doch, er gehöre Ihnen?«
»Ja«, antwortete ich leicht gereizt über den spöttischen Unterton in seiner Stimme. »Ich glaube, genau das habe ich gesagt.«
»Und warum bitte sehr«, hob er an – und noch bevor ich wußte, was er gleich sagen würde, wollte ich sein großes, rotes, fleckiges Mondgesicht ohrfeigen –, »warum fährt dann ein anderer damit weg?«
Hätte ich in diesem Moment Wein getrunken, dann hätte ich

mich wohl verschluckt wie ein tölpelhafter junger Hauptdarsteller in einer amerikanischen Screwball-Comedy. Statt dessen wandte ich mich um und blickte aus dem Fenster. Jeder Zweifel war ausgeschlossen. Der Rolls schob sich aus dem Parkplatz.

Zur maulaufsperrenden Verblüffung meines Gefährten sprang ich hoch, griff mir den Mantel von der Stuhllehne und riß den Stuhl dabei zu Boden. Ich drängte mich an eintreffenden oder aufbrechenden Gästen vorbei und preschte auf die Tür zu, die ich schließlich aufstieß, ohne zu wissen oder auch nur darauf zu achten, ob sich jemand dadurch eine blutige Nase holte, und kam gerade noch rechtzeitig, um mit anzusehen, wie der Rolls-Royce, dessen Fahrer vorläufig eine rätselhafte unbekannte Größe darstellte, sanft durch die Straße davonglitt. Verstört jagte ich ihm hinterher, und da ich in der Hitze des Gefechts mein Französisch vergaß, schrie ich die ebenso lächerlichen wie unvermeidlichen Worte: »Hilfe! Hilfe! Haltet den Dieb! Haltet den Dieb!«

Als ich noch schrie, hörte ich, wie hinter mir jemand auf französisch losbrüllte: »Au voleur!«

Au voleur! Aber natürlich. Wie hatte mir nur ein so simpler Ausdruck entfallen können?

Als waschechter Engländer wollte ich mich bei der Person bedanken, die mir die Vorsehung mit dieser ebenso prompten wie unverhofften Übersetzung geschickt hatte, und erblickte den Oberkellner des Restaurants, der japsend und mit puterrotem Gesicht neben mir stehenblieb.

»Je vous remercie bien, monsieur«, sagte ich herzlich.

Er legte mir die Hände auf die Schulter.

»Ah ça – ça – ça, c'est quelque chose!« fauchte er mir ins Gesicht. »Vous êtes drôle, vous! Vous – vous criez ›au voleur‹ quand c'est vous-même, le voleur!«

Ich starrte ihn an.

»Ich? Ein Dieb? Aber wovon reden Sie denn? Das ist doch *mein* Wagen, den man gestohlen hat.«

Ohne den Griff um meine Schulter zu lockern, hielt er mir einen weißen Zettel so nahe vors Gesicht, als wolle er ihn mir buchstäblich unter die Nase reiben. Es handelte sich dabei offenbar um die Rechnung für mein Mittagessen, jenes Mittagessen, das ich wohl zum Teil verzehrt, aber, wie mir jetzt erst aufging, überhaupt nicht bezahlt hatte. Für einen Streit blieb jetzt keine Zeit. Obwohl es kaum zu fassen war, daß ein Mensch so begriffsstutzig sein konnte wie dieser Schwachkopf von einem Oberkellner, so unerhört gedankenlos angesichts der unverkennbar außergewöhnlichen Umstände, und obwohl mir automatisch alle häßlichen antifranzösischen Klischees in den Sinn kamen, die ich im Lauf der Jahre gehört und stets treuherzig zurückgewiesen hatte, nahm ich die Brieftasche hervor, drückte ihm eine Zweihundert-Franc-Note in die Hand und nahm die Verfolgung von Cherets entschwindendem Rolls-Royce wieder auf.

Saint-Malos Straßen waren einst für Pferde, und nicht für Autos, angelegt worden, weshalb sich der Dieb bestimmt ebenso mühsam seinen Weg hatte bahnen müssen wie ich am Vormittag. Doch obschon ich so schnell hinter ihm herrannte, wie ich seit Jahren nicht mehr gerannt war, dabei aber ständig den Touristenmassen auszuweichen hatte, war es immer dasselbe: Kaum bog ich um eine Ecke, sah ich bloß noch, wie der Wagen am anderen Ende derselben Straße um die Ecke bog und abermals meinem Blick entschwand. Ich bog ab, und er bog ab. Ich bog ab, und er bog ab. Dies geschah stets von neuem und mit solcher Konsequenz, daß ich mich zu fragen begann, ob irgendein Fluch auf mir liege. Da ich überdies Angst hatte, noch dümmer zu erscheinen, als ich mir ohnehin schon vorkam, brachte ich es nicht länger über mich, um Hilfe zu rufen, ob nun in meiner Muttersprache oder auf französisch. Die Worte »Haltet den Dieb!« oder »Au voleur!« wollten mir einfach nicht mehr über die Lippen kommen. Und während der ganzen Verfolgungsjagd sah ich auch keinen einzigen Polizisten.

Schließlich verlor ich den Rolls ganz aus den Augen und verschnaufte ein paar Minuten geknickt an der Gartenmauer eines Bungalows. Während ich ein entsetzliches Seitenstechen zu besänftigen versuchte, indem ich mir wie ein Tenor ans Herz griff, sah ich mich um. Ich befand mich offensichtlich in einem Wohnquartier, schattig, ruhig und bürgerlich. In sämtliche Hausmauern an dieser Straße war eine schwarz glänzende Marmorplatte eingelassen, auf der – in fetter, verschnörkelter Schrift, einer Schrift, die wie eine Eidechse genau den Farn und Efeu nachahmte, welche sie unleserlich zu machen drohten – manch launige Bezeichnung eingraviert worden war, vermutlich die französischen Entsprechungen zu »Trautes Heim« oder sogar »Chez Nous«. Wahrscheinlich wäre diese Straße als Wohnort manchem etwas allzu farblos und spießig vorgekommen. Gleichzeitig verströmte sie aber auch etwas leicht Gespenstisches, als sei hier alles möglich, als könne hinter so makellosen Fassaden, so feinen Musselinvorhängen, so penibel geformten Hähnen und Giraffen schlechterdings alles passieren.
Ein Schmetterling tanzte in der unbewegten Luft einen Walzer. Schweiß tüpfelte meine Hemdbrust. Nur vom Rolls-Royce fehlte jede Spur. Mir blieb nichts übrig, als ins Stadtzentrum zurückzukehren, um den Diebstahl zu melden. Meine einzige Hoffnung bestand darin, daß sich der Rolls aufgrund seiner Größe und Einmaligkeit nur schwer verstecken ließe, auch wenn ich der Gendarmerie von Saint-Malo denkbar wenig zutraute. Mein Urlaub jedenfalls war vorüber, ruiniert, ein Schlag ins Wasser. Doch da ich bis zu Cherets Rückkehr die

Stadt nicht verlassen durfte, konnte ich nicht einmal sofort meine Zelte abbrechen.
Ich machte mich schlendernd, ja trottend auf den Weg zu meinem Hotel. Und dann, als ich in die nächste Straße einbog, die praktisch identisch mit jener war, aus der ich gerade kam, erblickte ich ihn. Dort, in der Einfahrt einer Villa aus den zwanziger Jahren – einer Villa, deren tiefes weißes Flachdach einen Hauch von Bauhaus verströmte –, dort, neben einem bescheidener proportionierten zweiten Auto, stand der Rolls-Royce. Er hatte aus dem Nichts heraus genauso wundersam Gestalt angenommen, wie er verschwunden war – und dies nur, um mich zu foppen.
Sein Anblick gab mir neue Kraft, und ich eilte über die Straße. Als ich die Einfahrt erreichte, schoß ein Mann, ein enorm großer, altersloser Mann von hagerem Wuchs und Antlitz, in einem aufgeknöpften kohlrabenschwarzen Zweireiher, hinter dem Rolls hervor und stürzte sich auf mich. Ich wollte irgend etwas sagen – auch wenn ich nicht weiß, was –, aber kein Wort kam heraus. Zu empört, um mich klar zu artikulieren, versuchte ich die Tür auf der Fahrerseite zu öffnen. Sie war verriegelt. Ich machte mich nun daran, in den Taschen meines Mantels nach den Schlüsseln zu suchen, sah mich jedoch schon im nächsten Moment gegen den Wagen gedrückt. Die Hände meines Angreifers waren überall zugleich. Eine Hand zeichnete sich in Umrissen vor dem Himmel ab, eine zweite versperrte mir den Blick auf die Verandatür der Villa, eine dritte, oder was wie eine dritte aussah, versuchte die Haustür aufzuschließen. Ich wand mich, ich schrie, ich zerrte an seinem Revers, erreichte damit aber bloß, daß ich mir den Daumen an etwas Nadelartigem aufschlitzte. Ich stöhnte und gab auch noch den schwachen Widerstand auf, den ich meinem Kontrahenten bisher entgegengesetzt hatte. Er machte sich den Vorteil zunutze, drückte mir eine knochige Hand auf den

Mund und packte mich mit der anderen am Genick, um mich – ich zappelte wie ein Schuljunge, den man beim Apfelklauen erwischt hat – durch die mittlerweile offene Tür ins Haus zu zerren.
Wir befanden uns in einem düsteren Flur. Ich versuchte mich ihm zu entwinden und seine Hand von meinem Mund wegzureißen. Er schleifte mich weiter. Irgend etwas klirrte im *demijour.* Plötzlich fand ich mich in einem sonnendurchfluteten, großen, hohen Raum wieder.
Wir rauften weiter und rutschten über den gebohnerten Parkettboden, bis ich mit dem Fuß am Rande eines Teppichs hängenblieb und hinstürzte – und dabei ein wirbelnd-wirres Motiv blauer und korallenroter Rauten erblickte. Im Sturz klappten meine Beine wie die eines Spieltisches unter mir zusammen, und nun sah ich – als seien sie aus reinem Jux an die Decke gehängt worden – eine rotierende Folge von Wandmalereien, in der Mehrzahl aus ein und derselben Epoche, dem achtzehnten Jahrhundert, wie ich irgendwie erkennen konnte, doch auch ein Miró befand sich darunter, was selbst für meine benommenen Augen unverkennbar war, sowie ein großformatiges Porträt einer nackten Halbwüchsigen, die sich schmachtend vor einem offenen Kamin rekelte.
Nun ließ sich hinter mir eine Frauenstimme vernehmen:
»Mais qu'est-ce que c'est que ce cinéma?«
Dies zeitigte unmittelbare Wirkung. Mein Aggressor löste seine Umklammerung. Mit unverhofft mürrischem Taktgefühl nahm er die Hand von meinem Hals und bemühte sich sogar, mir auf die Beine zu helfen. Ich riß mich von ihm los, strich mir hastig die Haare glatt und drehte mich nach der Unbekannten um, die gesprochen hatte.
Sie stand halb oben auf der Treppe, war Ende zwanzig oder allenfalls Anfang dreißig und trug eine weite cremefarbene Bluse und weitgeschnittene graue Hosen, deren leicht gefä-

cherte Falten die hübsche schmale Taille betonten. Ihr blondes und straff von der Stirn nach hinten gekämmtes Haar fiel ihr schwer und gerade über die Schultern, und die Form ihrer Augenbrauen, die merklich dunkler als die Haare waren, gemahnte an zwei symmetrische betende Engelchen. Zwischen den Fingern der auf dem Geländer ruhenden rechten Hand hielt sie eine Zigarette, und am Zeigefinger erblickte ich einen mattgoldenen römischen Ring von unregelmäßiger Gestalt und ohne Schmuckstein.

Sie war braungebrannt; doch obwohl ich weit von ihr entfernt stand, konnte ich sehen, daß es sich um die Bräune des Besitzes und nicht um die der Sonne handelte, die Bräune von Grazie und Geld, Müßiggang und Sicherheit, eine Bräune, die ihrem Menschenschlag so eigentümlich war wie dem Zulu die tiefschwarze Pigmentierung. Ihre angestammte dunkle Haut war die der Reichen, als wäre sie sozusagen von innen heraus gebräunt worden.

Doch sie hatte gefragt, was das ganze Theater solle, und teils in englischer, teils in französischer Sprache erklärte ich ihr, daß ich meinen Wagen, meinen entwendeten Wagen in der Einfahrt ihres mutmaßlichen Hauses entdeckt hätte.

Wortlos hieß sie mich schweigen. Sie stieg zum Fuß der Treppe herunter, drückte die lediglich angerauchte Zigarette brutal aus, bis das zerbrechliche Röhrchen so havariert aussah wie eine alte Fahrradfelge auf einem Schrottplatz, ging hinüber zum Fenster und blickte hinaus. Dann wandte sie sich mir mit ernster Miene zu.

»*Ihr* Wagen, Monsieur?«

»Äh, nein …«

»Hm?«

»Genaugenommen gehört der Wagen nicht mir.«

»Nein. Um genau zu sein, gehört er meinem Mann.«

»Ihrem Mann?« Ich starrte sie an. Dann starrte ich um mich.

Aber natürlich. Warum war ich nicht gleich darauf gekommen? »Jetzt verstehe ich. Sie müssen Madame Cheret sein.«
»Und Sie, Monsieur? Wer sind Sie? Und wie kommen Sie dazu, mit dem Wagen meines Mannes herumzufahren?«
In möglichst knappen Worten schilderte ich ihr, was mir seit meiner Ankunft in Frankreich am Vortag alles zugestoßen war. Während ich sprach, musterte ich ihr Gesicht. Daß meine merkwürdige kleine Geschichte sie verblüffte, stand außer Frage, und ich deutete ihre Reaktion als das sicherste Anzeichen dafür, daß sie mir Glauben schenkte.
Den Mann, der sich mit mir in der Einfahrt angelegt hatte, beachtete ich nicht weiter. Doch als ich meine Geschichte zu Ende erzählt hatte, nickte Madame Cheret zuerst zwei- oder dreimal geistesabwesend, als seien meine Ausführungen eine unerläßliche, aber im Grunde lästige Formsache gewesen, als stelle mein Abenteuer überhaupt nichts Außergewöhnliches dar, als wolle sie nur sagen: »Ja, ja, klar, genau so muß es gewesen sein, warum behelligen Sie mich noch mit Einzelheiten?« Sie wandte sich nach dem anderen um und murmelte, mit einer neu angezündeten Zigarette gestikulierend: »Qu'est-ce que tu attends, mon ami? Va chercher la clé.«
Als er diese Worte vernahm, ging er zur Tür. Obwohl es mich sonderbar anmutete, daß von uns beiden bisher weder eine Entschuldigung vorgebracht noch angenommen worden war, ließ ich mich herbei, darauf hinzuweisen, daß man die Autoschlüssel nicht zu holen brauche, da ich sie in meiner Tasche hätte. In Gedanken noch immer versunken, winkte sie den anderen nochmals fort. Dann riß sie sich aus ihrer sonderbaren Gemütsverfassung, und wir stellten uns einander vor. Sie hieß Béatrice.
»Aber selbstverständlich«, sagte sie, »dürfen Sie den Wagen so lange behalten, wie Sie es mit Jean-Marc ausgemacht haben.«

Ich gab ein unsinniges Geräusch von mir, in dem zu meinem Entsetzen so viele *n's* mitschwangen, daß man hätte glauben können, ich lehnte ihr großzügiges Angebot höflich ab (dabei war es, wie ich mir sagte, ganz ausgeschlossen, daß ich den Wagen hergab), und ich hörte tatsächlich, wie ich mich für den Krach im Wohnzimmer entschuldigte.

»Aber ich bitte Sie«, sagte sie. »*Ich* muß mich entschuldigen. Sacha ist meinem Mann treu ergeben, und als er das Auto in der Stadt sah, nahm er wohl an, Jean-Marc sei etwas zugestoßen, verstehen Sie ...« Sie verstummte, und ein paar Sekunden lang wirkte sie so abwesend wie zuvor. Dann fuhr sie sich mit dem Handgelenk vor die Augen, als wolle sie auf die Uhr sehen. Da war aber keine. Sie starrte weiter auf ihr nacktes braunes Handgelenk. Darauf war ein blasser Fleck in Form einer Armbanduhr zu sehen. »Ich habe mich an der Sonne so verbrannt«, sagte sie selbstvergessen, »daß ich die Zeit auch schon fast ohne Uhr ablesen kann.«

»Es ist Viertel vor zwei«, sagte ich nach einem Blick auf die meine.

»Sie Ärmster, bestimmt sind Sie am Verhungern.«

Dankend nahm ich ihre Einladung zum Mittagessen an.

Wir speisten im Eßzimmer – Aufschnitt, Omelette, Salat und weißer Burgunder –, bloß wir drei am einen Ende des langen Mahagonitisches: Béa, die darauf bestand, daß ich sie so anredete, mein Angreifer, der Sacha, Sacha Liebermann, hieß und sich als Jean-Marcs Geschäftspartner entpuppte, und schließlich ich. An der Wand hinter dem anderen Tischende, von einem weißen Rosenbukett zur Hälfte verdeckt, hing ein gerahmtes Stilleben von Chardin, das einen braunen Brotlaib zeigte, krustig und geheiligt wie ein Menschenhirn. Auf einem Stuhl stand ein weiteres Gemälde mit einem Taubenmotiv, ein Braque, der aussah, als sei er dort geblieben, weil sich nirgends sonst ein Platz für ihn gefunden hatte, als habe ihn jemand beim Eintreten in die Villa wie einen Hut auf den Stuhl geworfen. Die Wände selbst waren erst kürzlich in hellem Pastellton gestrichen worden, und dicht über unseren Köpfen hing ein feingliedriger sechsarmiger Metalleuchter wie eine in ihrem Netz baumelnde Riesenspinne.

Sacha zeigte sowohl für das Essen wie für das Gespräch wenig Interesse, schenkte sich ständig nach und warf mir über die weißen Rosen hinweg drohende Blicke zu. Béa dagegen war die Aufmerksamkeit in Person und begann sogar, sofern ich dies nicht falsch deutete, mit mir zu flirten. Als sie mich nach meinem Werdegang aushorchen wollte, enthüllte ich die Wahrheit nur soweit, wie es mir tunlich erschien. Ich sei Schriftsteller – ach, bloß Biographien, die Biographien anderer Leute – »das ist wohl«, sagte ich zaghaft lächelnd, »die Geschichte meines Lebens« – und hätte gerade eine langwierige Krankheit hinter mir, nichts Schlimmes, bloß eine Grippe, die ich nicht mehr losgeworden sei, mit Verdacht auf Lungenentzündung, was sich jedoch als blinder Alarm erwiesen habe, und deshalb hätte ich beschlossen, eine Ruhepause von ein paar Tagen einzulegen, bevor ich mich wieder in die Arbeit stürzen würde.

»Und wie gefällt Ihnen Ihre Ruhepause?« erkundigte sie sich vage.

Ich wähnte mich mit einer Fangfrage konfrontiert und wußte nicht recht, wie ich darauf reagieren sollte – ausgerechnet ich, der ich noch vor einer Stunde meine Begegnung mit ihrem Gatten und deren Folgen, die mich hier in Saint-Malo festsitzen ließen, verwünscht hatte. Einen Augenblick druckste ich herum, druckste und murkste, um die Frage schließlich mit einer höflichen negativen Formulierung zu beantworten, als das Telefon klingelte.

Sie erhob sich, um abzunehmen, und sagte noch, vermutlich sei es Jean-Marc, der sie seinerseits ins Bild setzen wolle. Ich

saß nun allein mit Sacha am Tisch. Dieser schnitt seinen Kopfsalat in immer kleinere Stückchen und war sichtlich angespannt.
»Béa ist reizend«, sagte ich, bemüht, das Gespräch in Fahrt zu bringen.
Hierauf bleckte er die erstaunlich gelben Zähne und das weißliche Zahnfleisch, sagte jedoch nichts.
»Sie hat mir erzählt, daß Sie für Jean-Marc arbeiten«, fuhr ich unverdrossen fort. »Was für eine Arbeit ist das denn?«
Zuerst gab er überhaupt keine Antwort. Dann sagte er freudlos und so, als müsse man ihm die Würmer aus der Nase ziehen: »Dies und das. Deals.«
»Tatsächlich?«
Es entstand eine Pause, woraufhin ich anmerkte: »Sie müssen wissen, daß es sich auf englisch « – wir unterhielten uns in meiner Muttersprache – »ziemlich, na ja, dubios anhört, wenn jemand sagt, er verdiene sich seinen Lebensunterhalt, indem er dies und das tue.«
»Dubios? Was heißt das?«
»Na, Sie wissen schon, irgendwie illegal.«
Sacha starrte mich an, was wohl ganz natürlich war, denn mir ging zu spät auf, wie impertinent sich meine Bemerkung anhören mußte. Ich brachte nun keinen Ton mehr heraus und richtete mein Ohr, zuerst unbewußt und dann immer aufmerksamer, auf Béas Telefongespräch, von dem uns schon vorher unzusammenhängende Fetzen zugeflogen waren. Der Apparat befand sich im Korridor, der aus dem Eßzimmer hinausführte, auf einem Marmortisch, und Béa lehnte halb dagegen und saß halb darauf, schwang ein Bein in die Höhe und musterte die Spitze ihres Schuhs.
»... Oui, oui, oui, c'est ça ...« hörte ich sie sagen. »Mais tout à fait ... puisque je vous le dis ... oui, oui, ici-même ... mais si, mais si, lui aussi est là ... parfaitement ... oui ... d'ailleurs

je le trouve plutôt séduisant ... bien sûr ... oui ... oui ... ne vous inquiétez pas ... oh non, non, surtout pas ça ... non ... je trouverai un moyen ... oui ... oui ... oui ... au revoir.«
Sie gesellte sich wieder zu uns an den Tisch. Ohne ein Wort über den Anruf zu verlieren, wandte sie sich augenblicklich mir zu.
»Was klingt illegal, Guy?«
Es war Sacha, der antwortete. Er verschluckte die Silben, und Béa beobachtete ihn genau, während er sprach.
»Mein Leben. Was ich tue. Er meint, es sei bestimmt illegal.«
Ich protestierte. »Nein, da schieben Sie mir nun wirklich etwas unter. Ich habe lediglich darauf hingewiesen, daß das Wort ›Deal‹ in der englischen Sprache einen negativen Bei...«
»Deal?« sagte Béa und betrachtete uns abwechselnd, als fühle sie sich von einem rätselhaften Spielchen ausgeschlossen, das Sacha und ich miteinander trieben. »Um was für einen Deal geht es denn?«
»Ich habe Sacha gefragt, womit er sich seinen Lebensunterhalt verdiene, und er hat geantwortet, mit Deals.«
Béa strich sich eine dünne Schicht *pâté de foie gras* auf einen Kräcker und lächelte.
»Tja, ich bin sicher, wenn er sich einmal auf einen Deal eingelassen hat, hält er sich auch daran.«
Woraufhin Sacha antwortete: »Manchmal muß die Sache auch neu verhandelt werden.«
»Es braucht zwei, um einen Deal neu zu verhandeln«, meinte Béa.
»Zwei«, entgegnete Sacha, »und manchmal drei.«
»Meine Erfahrung in Geschäftsdingen sagt mir – falls wir überhaupt von Geschäften sprechen –, daß mit drei Leuten nie viel zustande kommt.«
»Komisch«, sagte Sacha. »Ich habe mir sogar sagen lassen, der Dritte im Bunde störe nur.«

Das war zuviel für Béa. Empört schmiß sie das Messer auf den Tisch und fuhr nun auf französisch fort.
»Ne te rends pas ridicule, mon cher. Devant notre invité.«
»*Notre* invité? C'est gentil, ça. Eh bien, non.«
»Quoi?«
»Non, je te dis, non.«
»Mais quoi, non?«
»N'oublie pas qu'elle est à moi, la clé.«
»Tais-toi, imbécile.«
Darauf antwortete Sacha mit einem trockenen, garstigen Kichern: »Comme disent nos amis anglais: ›You can't argue with genius.‹«
Die Verachtung in Béas Miene war so stark, daß er mir beinahe leid tat.
»Blödmann!« schnauzte sie. »Ich streite ja auch nicht mit einem Genie. Ich streite mit dir.«
Sacha schien etwas entgegnen zu wollen, überlegte es sich dann aber anders. Ich dagegen erhob mich hastig und empfahl mich leise. Béa versuchte mich gar nicht zum Bleiben zu bewegen, so klar und verständlich erschien ihr offensichtlich mein Wunsch, mich zu verabschieden. Andererseits fühlte sie sich, wenigstens vorläufig, nicht im geringsten dazu verpflichtet, Sachas Benehmen zu entschuldigen. Sie begleitete mich zur Haustür und ließ den über dem Tisch Zusammengesackten allein. Als wir nebeneinander auf der Schwelle standen und ihr hochgestreckter schlanker Arm sich gegen den Türrahmen stützte, wollte sie von mir wissen, wo ich in Saint-Malo untergebracht sei. Ich sagte es ihr, und sie erwiderte, ihr Mann werde sich mit mir in Verbindung setzen, sobald er aus England zurück sei.
»Übrigens, war das Jean-Marc?« fragte ich.
Sie blickte mich verständnislos an.
»Jean-Marc?«

»Am Telefon?«

»Ach so. Jawohl, er war dran. Entschuldigen Sie, das hätte ich sagen sollen, nicht wahr? Ja, er hat telefoniert, um mir mitzuteilen, daß ich Sie in den nächsten Tagen hier erwarten solle. Ich habe ihm erzählt, Sie seien bereits hier.«

Und nach einer Pause: »Was soll ich nur sagen, Guy?«

»Sagen Sie nichts. Schließlich war es nicht Ihre Schuld.«

»Sacha benimmt sich sonst nicht so. Aber er ist eben ein Pechvogel – nur daß in seinem Fall das Pech offensichtlich immer an den anderen klebenbleibt. Und wie Sie wohl schon bemerkt haben, ist er einfach ein bißchen ver...« Sie ließ den Satz unvollendet, so daß ich nicht erfuhr, ob sie gemeint hatte, er sei »ein bißchen verrückt« oder »ein bißchen verliebt in mich.«

Sie schloß hinter sich die Tür, und ich suchte nach den Schlüsseln des Rolls'. Als ich den Motor anließ, hörte ich, wie im Inneren der Villa ein Streit losbrach, ein Streit, wie er sonst dem Abgang eines ungebetenen Gastes folgt, nur war er in diesem Fall weitaus lauter und ungehaltener. Gleichzeitig beschäftigte mich noch etwas anderes, das ich gehört hatte, allerdings früher, etwas, das im Eßzimmer gesagt worden war und mir nicht ganz – wie soll ich es ausdrücken? – nicht ganz richtig erschienen war, das ich aber hätte richtigstellen können – doch was war es nur gewesen? Und wer hatte es gesagt? Auf meiner Fahrt im Rolls durch die Straßen von Saint-Malo zerbrach ich mir noch lange den Kopf. Doch es lag mir auch nicht ansatzweise auf der Zunge.

Der Rest des Tages war eine Höllenqual. Immer noch kam ich mir wie der Einzelgänger in einer Abendgesellschaft vor. Alle anderen amüsierten sich (oder schienen sich zu amüsieren oder taten so, als amüsierten sie sich). Alle anderen waren leidenschaftlich interessiert (oder schienen leidenschaftlich interessiert oder taten so, als seien sie leidenschaftlich interessiert) an dem *chemin de ronde* und der Kathedrale und den putzigen Souvenirläden, während ich diese Dinge immer wieder fruchtlos umkreiste, dabei das Ziel mehr und mehr aus den Augen verlierend.

Obwohl ich die Stunde des Abendessens, jenen mit der Regelmäßigkeit eines Uhrwerks eintretenden Augenblick der Wahrheit für all die einsam Reisenden, so lange wie möglich hinauszögerte, war es doch erst sechs, als ich in eine billige Pizzeria mit dem abgeschmackten Namen Drug's Pizza essen ging. Danach schlenderte ich zum Strand hinunter. Der Himmel brannte lichterloh. Ein gezackter Klippenkamm erstreckte sich südwärts die bretonische Küste hinunter, bis er praktisch mit dem Horizont verschmolz. Im Licht des frühen Abends sah seine Auszahnung ebenso rauh wie apart aus und glich einer Reihe frisch gespitzter dicker Bleistifte in einer Bleistiftschachtel. Zwei Ruderboote lagen vertäut an einer klapprigen Holzmole. Als sie sich im Schlaf herumwarfen, wirkte ihr unruhiges Zerren und Ächzen sanfter als die Stille selbst.

Um diese Zeit weilte kein Mensch mehr am Strand, auch wenn die geschäftigen, ziellosen Fußspuren des Tages noch immer in einem gespenstischen Trippelmuster durcheinanderliefen. Über mir schossen Möwen dahin und hielten sich nah des Planeten luftiger Küste. Ich kam mir schrecklich bleich und penetrant britisch vor, wie ich nun auf den matschigen Sandstrand hinaustrat und meine Erinnerungen spazierenführte, als führte ich einen Hund spazieren.

Später legte ich mich auf meinem Zimmer im Hôtel de l'Apothéose ausgestreckt aufs Bett und zündete mir eine Zigarette an. Eine träge um sich selbst kreisende Rauchfahne wand sich spiralförmig in die Höhe, als projiziere sie einen Film an die Decke. Ich hatte das Fenster offengelassen, und die Straßenbeleuchtung spann hinter mir ein kompliziertes

Schattennetz an die Wand. Auf dem Tischchen neben dem Bett stand mein lederumhüllter Reisewecker: Es war noch nicht einmal zehn. Noch nicht zehn, und ich war bereits zurück im Zimmer und hatte als Gesellschafter bloß einen Roman von Anthony Burgess. Unter dem Fenster erörterten vier Italiener – vermutlich zwei Ehepaare – des langen und breiten, was und wo sie essen wollten. Ich stopfte mir zwei *boules Quiès* in die Ohren.

Plötzlich klingelte das Telefon. Es war der Nachtportier. In der Halle warte eine Dame auf mich, eine Dame namens ... (der Portier hielt inne, um jenen Namen zu erfahren, den ich bereits sicher zu kennen glaubte) ... Béatrice Cheret. Sie wolle mich unbedingt sprechen.

Ich schlüpfte in meine Jacke, dachte erst im letzten Moment daran, mir die *boules* aus den Ohren zu nehmen, und rannte die Treppe hinunter. Béa, die der Portier zum Objekt seines ungenierten Starrens gemacht hatte, trug einen gürtel- und knopflosen Regenmantel, der so lang war, daß er den Boden fast streifte. Sie stand gegen eine Säule aus *faux-marbre* gelehnt, und mir fiel auf, daß ich sie noch jedesmal an irgend etwas angelehnt gesehen hatte. Ihr Instinkt war der einer Katze, die sich an alle möglichen Ränder schmiegt. Für eine Katze gibt es nichts Seligeres, als eingezwängt zwischen zwei Sitzpolstern eines Sofas zu liegen oder ausgestreckt im engen Raum entlang der Zimmerwände, zwischen Teppich- und Bodenrand. Und genau wie eine Katze war auch Béa. Ich stellte sie mir in einem einteiligen Badeanzug vor, wie sie sich an einem Strand im Süden sonnte, die eine Hälfte ihres Körpers am Ufer liegend, die andere ins Meer getaucht, und wie eine Welle den Sand überflutete und allmählich das gleichschenklige Dreieck ihrer gespreizten braunen Beine schraffierte. In einem früheren Leben, so sagte ich mir – und diese Frau hatte mehrere frühere Leben gelebt –, war sie zweifelsohne eine Katze gewesen.

Zag reichten wir uns die Hand.
»Ich bin auf gut Glück hierhergekommen«, sagte sie und fuhr sich mit den Fingern durchs Haar. »Ich war überzeugt, Sie seien noch nicht zurück, doch das war die einzige Adresse, die ich von Ihnen hatte.«
Ich schämte mich, weil man mich so früh am Abend bereits wieder im Hotel antraf.
»Es war ein langer Tag.«
»Sind Sie müde?«
Erleichtert schnappte ich nach dem Köder.
»Ich bin geschafft.«
»Verstehe.« Sie stockte. »Zu sehr geschafft, um mit mir noch auf ein Gläschen hinauszukommen?«
»Sie meinen jetzt?«
»Warum nicht?«
»Ja, warum nicht?« entgegnete ich nach kurzem Zögern. »Eigentlich«, sagte ich, »eigentlich hätte ich große Lust dazu.«
»Sollen wir den Rolls nehmen? Ich habe ihn draußen stehen sehen. Und ich weiß auch einen Ort, wo uns niemand stört.«
Wir verließen Saint-Malo auf einer mondbeschienenen Küstenstraße in Richtung Westen. Die eine Straßenseite wurde von Hügeln und Wäldern flankiert, auf weiteren Hügeln in der Höhe auch von ehrwürdigen Gehöften, deren Steinmauern lediglich die Dächer freigaben. Auf der anderen Seite lag das Meer spiegelglatt und ruhig, abgesehen von dem regelmäßigen Aufschäumen rund um einen Miniaturarchipel erratischer Inselchen und Kaps, die wie lauter schwarze Eisberge herausragten. Die neben mir sitzende Béa sprach kaum ein Wort, während ich fuhr, redete am Anfang lediglich, um mir den Weg zu weisen, und verstummte schließlich vollends, da nun bloß noch die Küstenstraße vor mir lag und ich keine Abzweigung mehr nehmen konnte. Sie rückte möglichst weit von mir weg, jedoch nicht, wie ich mir einredete, aus Grün-

den, die mich hätten bekümmern müssen, sondern einfach deshalb, weil die gepolsterte Ecke des Rolls' ihrem Körper den sinnlichen Kontakt mit zwei Oberflächen bot – die des Sitzbezuges und die des Fensters – anstatt bloß mit einer. Und sie rauchte. Auch dies, so fiel mir ein, hatte ich sie fast immer tun sehen – rauchen.

Schließlich hieß sie mich anhalten, und ich bog in die bereits mit anderen geparkten Wagen verstopfte Zufahrt eines in hellem Neonlicht erstrahlenden Hotels ein.

Das Hotel hatte eine finstere und kühle Kellerbar namens Monna Vanna, in die man einzig über eine beklemmend enge Wendeltreppe gelangen konnte. Röhrenförmige, niedrige Tischchen säumten die vier Wände. Jedes dieser Tischchen wurde von einer narzißtisch in die Länge gezogenen Lampe beschienen, brandig und siech, farblich ätzend und formlich grotesk, sozusagen die Parodie auf einen Stil, der nie existiert hatte, einen Art déco, der in den zwanziger und dreißiger Jahren in einem Universum entstanden war, dessen Zivilisation ein verzerrtes Spiegelbild unserer eigenen war. Als Sitzgelegenheit gab es Rundsofas – ochsenblutfarben, *crème de cacao*, diese Sorte eben. Es war bloß noch ein zweites Paar im Raum. Schließlich gelang es mir auch, die vom Band kommende Musik zu erkennen – denn als Muzak wurde hier ausgerechnet Poulencs *Les Biches* verwendet.

Unsere Bestellung wurde vom Barkeeper aufgenommen, einem lispelnden jungen Kerl, der Béa mit dem Vornamen ansprach. Danach plauderten wir beide etwa zwanzig Minuten lang ungezwungen über Gott und die Welt und nippten an unseren Drinks. Ich bestellte zwei weitere Whiskys. Diesmal beugte sich der Barkeeper regelrecht vor mir über den Tisch, um Béa zischelnde Platitüden ins Ohr zu flüstern. Sie stieß ihn schelmisch weg und zündete sich eine weitere Zigarette an.

Erbost über die lässigen Vertraulichkeiten des Barkeepers und befeuert vom Whisky, der mir eigentlich verboten war, betrachtete ich, wie sie den Rauch in die Lunge hinunterzog.
»Finden Sie nicht, Sie rauchen zu viele Zigaretten?« fragte ich.
Béa starrte mich ein paar Sekunden an.
»Wieso denn?« sagte sie schließlich in gespielter Unschuld. »Ich rauche nur eine aufs Mal.« Mit funkelnden Augen sah sie mich an. »Aber wissen Sie was, Guy, Sie sind mir schon ein rechter – ich weiß nicht, ob es im Englischen ein Wort dafür gibt – ein *gaffeur.*«
»Ein *gaffeur*?«
»Na, überlegen Sie doch mal. Zuerst stellen Sie Sacha praktisch als Verbrecher hin. Dann sagen Sie mir – obwohl Sie mich erst heute nachmittag kennengelernt haben –, daß ich zuviel rauche. So unverblümt, Guy, so geradeheraus! Vielleicht sind Sie gar nicht der klassische beherrschte Engländer, den Sie mimen.«
»Ich hoffe doch sehr, daß ich das nicht bin«, entgegnete ich, ohne den verwegenen Tonfall ganz hinzubekommen, den ich angestrebt hatte. Ich fügte hinzu, ich hätte nicht unhöflich sein wollen und es gehe mich natürlich nichts an, wie viele Zigaretten sie rauche. Und was meine Bemerkung gegenüber Sacha beim Mittagessen betreffe, so hätte ich bloß versucht, das Gespräch in Gang zu halten.
»Er macht es einem nicht gerade leicht«, sagte ich.
»Ich weiß. Deswegen suchte ich Sie ja auch im Hotel auf. Ich wollte mich entschuldigen für das, was heute vorgefallen ist, in aller Form entschuldigen. In seiner Gegenwart war mir das nicht so recht möglich. Außerdem geht es mir da wie einem Doktor – ich sehe meine Leute am liebsten einzeln.«
(Meine Leute?)
»Wie gesagt, es gibt nichts, wofür Sie sich zu entschuldigen

brauchen. Aber verraten Sie mir eins«, fuhr ich fort, »wer ist er?«
»Wer ist wer?«
»Dieser Sacha. Wer ist er genau?«
»Er ist Jean-Marcs Partner. Ich dachte, das wüßten Sie.«
»Ja, natürlich. Aber das kann doch nicht alles sein.«
»Nein?«
»Na ja, zum Beispiel heute. Warum stieg er in den Rolls und fuhr davon, anstatt zuerst abzuklären, weshalb dieser wieder in Saint-Malo stand? Was für ein Partner ist das? Es hätte eine vollkommen logische Erklärung dafür geben können. Es gab auch eine Erklärung, obwohl Sie die wohl nicht als vollkommen logisch bezeichnen würden. Er hätte bloß zu warten und nachzufragen brauchen.«
»Ich weiß.«
»Und warum benimmt er sich so seltsam? Was hatte dieser Blick zu bedeuten, den er Ihnen beim Essen ständig zuwarf?«
Béa lächelte.
»Worauf wollen Sie denn hinaus, Guy? Daß dieser Sacha einen verderblichen Einfluß auf mich ausübt?«
»Nein … Aber wenn die Idee nicht so lachhaft wäre, würde ich behaupten, er sei eifersüchtig auf mich.«
»Das ist er ja auch. Er ist auf alle eifersüchtig. Das ist eben sein Charakter.«
Da war noch etwas, was ich in Erfahrung bringen wollte.
»Wohnt er in der Villa?«
Béa hielt sich das zur Hälfte ausgetrunkene Whiskyglas vor die Augen – Augen, die, von meiner Tischseite aus gesehen, wie zwei exotische kleine Thunfische im Glas zu schwimmen schienen. Sie stürzte den verbliebenen Whisky hinunter und schwenkte das Glas, dabei das Eis wie in einem Würfelbecher schüttelnd, um so dem lispelnden Barkeeper zu signalisieren, daß er uns noch einmal dasselbe bringen solle. Dann sagte sie

ganz beiläufig: »Wissen Sie, was an den Beziehungen zwischen uns Menschen nicht stimmt, Guy?«
»Nein, was denn?«
»Daß wir unsere Geliebten heiraten und nicht unsere Freunde. Es ist ganz banal. Ein Liebesabenteuer ist wie ein Muskelkrampf. Es gleicht einem Niesen. Ein Niesen kann man auch nicht legalisieren.«
Ich griff das mutmaßliche Stichwort auf.
»Und warum haben Sie Jean-Marc dann geheiratet?«
Ich konnte sehen, daß ich sie diesmal kalt erwischt hatte.
»Wissen Sie, Guy«, sagte sie schließlich, »das ist nun doch eine Nummer zu groß für Sie. Sie dringen in das Leben eines anderen ein, in ein Leben, das schon lange, lange, bevor Sie auf den Plan getreten sind, gelebt worden ist, und nach – wieviel? – nach zwei Stunden glauben Sie zu wissen, wie der Hase läuft. Aber Sie wissen es nicht.«
Ich wollte etwas erwidern, doch sie fuhr mir über den Mund.
»Wollen Sie die Geschichte von Jean-Marc und mir erfahren? Also schön, ich erzähle sie Ihnen. Ich weiß wirklich nicht, warum ich das tun sollte, aber gut.«
Im folgenden erfuhr ich, daß Béa schon seit längerem nur noch auf dem Papier Jean-Marcs Ehefrau war. Sie hatten geheiratet, als Béa noch keine zwanzig war. Jean-Marc hatte an der Ecole des Beaux-Arts in Paris unterrichtet, wo sie, die aus einfachen – ja, sofern ich ihrer Darstellung trauen konnte, bäuerlichen – bretonischen Verhältnissen stammte, als Teilzeit-Modell gearbeitet hatte.
»Es ist wohl leider ein Klischee, wie in Puccinis Musik, doch solche Dinge geschehen eben, und Sie brauchen gar nicht die Nase zu rümpfen. Selbstverständlich war ich Jean-Marc dankbar, doch ich liebte ihn auch, ja, ich war sogar in ihn verliebt. Eine Zeitlang … glaube ich …« Sie machte einen bezaubernden Schmollmund. »Heute läßt sich das nur noch schwer be-

urteilen. Es ist ja auch schon zwölf Jahre her. Zwölf Jahre lang hat er mich aufgebaut – dieses Wort benutzt er gern. Aufbauen. Und das ist ihm zweifellos gelungen. Wenn ich mich im Spiegel betrachte, Guy, bin ich zweierlei – die Person, die ich in Jean-Marcs Augen bin, irgendwo aber auch, selbst heute noch, nach all den Jahren, die Person, die ich in Wahrheit bin.«

»So geht es doch den meisten. Wir sind Kinder, die man in Erwachsenenkleider gesteckt hat.«

»Sagen wir einfach, ich konnte mich nicht mein ganzes Leben lang dankbar zeigen. Man kann sich nicht unendlich oft bei ein und demselben Menschen bedanken und es immer noch ernst meinen.«

»Und Sacha?«

»Sacha war eben da. Das war Sachas Vorzug. Es war eine Frage des richtigen Zeitpunkts. Wäre sonst jemand dagewesen …« Sie führte den Satz nicht zu Ende, sondern fügte hinzu: »Und auch das ist vorbei, falls Sie gerade danach fragen wollten.«

Werde ich mich – die Frage drängte sich mir unvermittelt auf – werde ich mich jetzt in sie verlieben? Was für ein Hirngespinst! Es war absurd, und es war infantil, und doch … und doch – sah man ab von der einmaligen Kette von Zufällen, die unser Zusammentreffen herbeigeführt hatten, vom romantischen, abgeschmackten Blitz (des Schicksals patentiertes Markenzeichen, sein abgegriffenes altes Logo) und vom Wagentausch –, und doch bestand meine Rechtfertigung, meine alleinige Rechtfertigung dafür, einen solchen Gedanken zu hegen, in der Tatsache, der unbestreitbaren Tatsache, daß wir alle ein Doppelleben führen. Niemand vermag unsere Liebe und Lust zu kontrollieren. Niemand vermag in unserem Gehirn Polizeihunde herumschnüffeln zu lassen. Die sexuelle Anziehung entspricht dem, was man in der Kosmologie eine

Singularität nennt. Sie ist das Schwarze Loch der Psyche, wo das Realitätsprinzip seine Gültigkeit verliert. Wenigstens im Geist, so sagte ich mir, durfte ich tun und lassen, was mir beliebte.

Wir waren beim dritten Drink angelangt. Der lispelnde Barkeeper war verschwunden, und außer uns hielt sich niemand mehr in der Bar auf. Aus weiter Ferne hörte ich, wie Béa mich fragte, ob ich verheiratet sei.

Ob ich verheiratet sei? Der Whisky hatte mich dreist und rücksichtslos gemacht. Ich wollte unbedingt reden, mich gehenlassen.

Nach einer Pause sagte ich:

»Ich war verheiratet. Aber ich habe meine Frau umgebracht.«

»Sie haben Ihre Frau umgebracht?« sagte Béa ruhig und ahmte meine gespielte Gleichgültigkeit nach.

Es war das erste Mal, daß ich außerhalb der Klinikmauern Ursulas Tod erwähnt hatte. Meine Freunde hatten es selbstverständlich nicht von mir zu erfahren brauchen, und all jene, die mich im Krankenhaus besucht hatten, waren nicht ein einziges Mal darauf zu sprechen gekommen. Wohl ertappte ich sie dabei, wie sie dem Thema manchmal nahe, sehr nahe kamen, aber zuletzt schreckten sie doch immer davor zurück. Es war ein Unfall gewesen, ein Eintrag in einer Statistik, einer trivialen Neujahrsstatistik. Das einzig nicht Triviale dabei war, daß ich zuvor nicht getrunken hatte. Weder ein Glas Champagner noch ein Bier, nichts als das Fläschchen Perrier, das mir dank sorgsamer Einteilung das ganze Mittagsmahl hindurch gereicht hatte. Ursula hatte sich tatsächlich beklagt, daß ich es übertreibe, und auf der Rückfahrt hielt sie mir dies, den Kopf gegen meine Schulter gelehnt, beschwipst noch einmal vor, als es geschah. Es war im Grenzgebiet zwischen Sussex und Hampshire, in der Nähe eines Rastplatzes,

ungefähr um vier Uhr nachmittags – ich hatte sie gerade auf das geborstene Holzschild des Rastplatzes hingewiesen, das, so drückte ich es damals aus, schneebedeckt war wie ein fettes, verziertes *T* in einer Weihnachtsgeschichte von Charles Dickens. Genau dort hatte ich auch zum erstenmal den Traum gehabt, der kein Traum war, hatte zum erstenmal das Wolfsheulen schleudernder Reifen gehört und die über uns gewölbten Bäume gesehen, den Schneemann auf dem Acker, der in der Sonne in Ohnmacht sank wie ein Wachtposten, Ursulas Gesicht im Moment des Aufpralls, ihr Gesicht, in das ich hilflos starrte, als es sich langsam in ein unerträgliches Netz mosaikartiger Risse auflöste.
»Wann war das?«
»Wann?« Ich mußte nachdenken. »Vor vierzehn Monaten.«
Vierzehn Monate. Die letzten vierzehn Monate hatte ich in einer Anstalt verbracht – ein Euphemismus, dem die besänftigende Macht, die er einst für sich beanspruchen konnte, inzwischen vollkommen abhanden gekommen ist. Vor vierzehn Monaten hatte ich mich selbst eingeliefert. Ich hatte zugestimmt, ein vorgeblich freiwilliges Eintrittsformular zu unterschreiben, obschon ich zuerst Einwände hatte und umgestimmt werden mußte.
»Es ist bloß ein Blatt Papier«, hatte der Klinikleiter – in buchstäblich klinischem Ton – gesagt, als er mir den Kugelschreiber reichte.
Das gilt auch für ein Todesurteil, dachte ich damals.
Doch ich hatte mich getäuscht. Die Klinik hatte eine herrliche Lage im Hügelland von Sussex und wurde von Naturschutzgebiet umgeben – vorwiegend dichtem Wald, obwohl die einzigen Bäume im klinikeigenen Park Palmen waren, die makellos wie Federbüsche aussahen. Wie bei einem Wohnhaus in Manhattan hingen die türkisgrünen Jalousien, schweren Lidern gleich, hinter den Fenstern, die auf ein drei Hektar

großes Landgut hinausgingen, auf dem zu flanieren außer mir anscheinend keiner der Insassen Lust hatte. Es gab ein Kricketfeld und ein Billardzimmer, aber auch Krankenschwestern, deren Erleichterung und Freude darüber, in einer Privatklinik untergekommen zu sein, fast mit Händen zu greifen war. Sie ließen mich nie allein, diese Krankenschwestern, sondern kamen den lieben langen Tag alle zwei Minuten in mein Zimmer spaziert, maßen mir den Blutdruck, nahmen Urinproben, ließen alles stehen und liegen, wenn ich mich auch nur räusperte, ja, sie begleiteten mich, splitternackt wie ich war, sogar händchenhaltend in mein eigenes Badezimmer und halfen mir die drei niedrigen Stufen in die Wanne hoch.

Mir war ein Psychotherapeut namens Dr. Loder zugeteilt worden. Er war klein und stets wie aus dem Ei gepellt; meist trug er eine Kaschmirjacke und eine haarige Wollkrawatte mit dickem Knoten, ganz anders als das übrige Klinikpersonal, das einer eher saloppen, sympathischen Schlampigkeit den Vorzug gab.

Anfangs redete nur er. Fröhlich plauderte er über alles mögliche, was ihm gerade durch den Kopf ging. Ich erinnere mich an Monologe über Andrew Marvells Gedichte, über George du Mauriers Romane, über das Fliegenfischen in den Wildbächen des schottischen Hochlands, über die beklagenswert wenigen Londoner Hotels, die noch einen gediegenen High Tea hinzuzaubern vermochten (seine Ausdrucksweise) und weiß Gott über was sonst noch. Ich erinnere mich auch noch, daß er offensichtlich der einzige Angestellte war, der sich ein Haustier halten durfte, einen Foxterrier, eine männliche Welpe mit jugendlich plumpem Gang und einem Quartett flaumiger weißer Pfoten, welche ihm ein possierlich-tapsiges Aussehen verliehen und mich an jene schlaksigen, gelenkigen Athleten in weißen Söckchen denken ließen, die man in amerikanischen Eliteuniversitäten antrifft. Er hieß Mao, was bestimmt eine wehmütige Huldigung an ein Jahrzehnt darstellte, in dem der junge Loder noch danach getrachtet hatte, die Welt zu verändern. Ich begegnete den beiden häufig, wenn sie einen flotten Erholungslauf (auch dies ein Loderismus) durch die Anlagen der Klinik machten.

Während eines Großteils meines Aufenthaltes erfaßte mein betäubtes Hirn gar nicht richtig, wovon Loder sprach, und beim Schlafengehen war ich über meine Geistesverfassung noch genauso verwirrt wie schon am Morgen beim Aufwachen. Und doch begann sein unsystematisches Regime vielleicht genau deshalb Wirkung zu zeigen. Vielleicht begann ich ja »anzusprechen« (wie mein Krankenblatt es vermerkte, auf welches ich einmal heimlich einen Blick warf), weil ich in meinem verstörten Zustand nur schwer vom Glauben ablassen mochte, Loder sei überhaupt kein Arzt, sondern ein freundlicher alter Kauz, in dessen Gesellschaft ich zufällig geraten war – womöglich in einer Kneipe oder im abfallübersäten Wartesaal eines Bahnhofs – und der mit seinem Abklappern mannigfaltigster Gesprächsthemen gar nicht das Ziel verfolgte, mich von irgend etwas zu »heilen«, sondern, konfrontiert mit meinem mürrischen Autismus, einfach mein asoziales Schweigen auszufüllen versuchte. Daß ich am Ende dann doch »aus mir herausging«, wie Loder meine Reaktion auf seine Behandlung gern, allzu gern umschrieb (weshalb ich wohl heute die Formulierung, die nichts von dem ausdrückt, was ich tatsächlich durchmachte, mit den schützenden Topflappen von Anführungszeichen anfasse), lag einzig daran, daß ich es nicht länger ertragen konnte, die Last unserer Plauderstündchen allein auf seinen Schultern liegen zu sehen. Von Sitzung zu Sitzung fand ich mehr zum Sprechen zurück – und schließlich auch zum Sprechen über Ursulas Tod.

Thomas Mann spricht irgendwo davon, »sich daran zu gewöhnen, daß man sich an etwas nicht gewöhnt«. Nun, als ich jene Klinik verließ – bloß Tage, bevor ich mich in die Bretagne begab –, fühlte ich mich keinesfalls von irgend etwas »geheilt«, doch möglicherweise gewöhnte ich mich allmählich daran, daß ich mich an meinen Zusammenbruch nicht gewöhnte – an meine Schlaflosigkeit, meine Träume, meine Schwindelanfälle, meine lähmende Apathie. Vielleicht fühlte ich mich allmählich davon geheilt, daß ich mich nicht geheilt fühlte.

»Oder bedeutet das überhaupt nichts?«

Ich wandte mich Béa zu, die mir gelauscht hatte, ohne selbst etwas zu sagen, ohne sich auch nur eine Zigarette anzuzünden. Einen überzeugenderen Beweis für ihre Versenkung in die Geschichte, die ich ihr hatte erzählen müssen, konnte ich mir gar nicht wünschen.

»Das heißt, es war ein Unfall – und Sie brauchten vierzehn Monate, bis Sie begriffen, daß es ein Unfall war.«

»Ein Unfall? Was hat denn das mit der Frage zu tun, ob ich mich schuldig fühle oder nicht?«

»Fühlen Sie sich denn schuldig? Schließlich haben Sie sie ja nicht ermordet.«

Ich sah von meinem leeren Glas hoch.

»Woher wollen Sie das wissen?«

Eine Pause.

»Haben Sie das denn getan?«

Abermals eine Pause.

»Ja«, sagte ich versunken. »Ja, es kommt mir wirklich so vor, als hätte ich sie ermordet.«

Sie faßte mich bei der Hand, und als meine Fingerspitzen ihre Handfläche berührten, kribbelten sie elektrostatisch. Wortlos ließ ich mich die Wendeltreppe hoch führen, durch die menschenleere Hotelhalle hinaus auf den Parkplatz.

Wir stiegen schweigend in den Rolls. Ich setzte mich hinter das Steuer und sah zu, wie sie sich flink von der anderen Seite hineingleiten ließ – und ich sah länger hin, als ich dies eigentlich tun wollte. Sie erwiderte meinen Blick.
»Ich gäbe was drum, wenn ich wüßte, was Sie denken, Guy. Aber was soll's …« fügte sie sogleich hinzu und klopfte sich mit beiden Händen kokett Busen, Bauch und Hüften ab, um mir vorzugaukeln, sie suche tatsächlich nach einer Münze. »Ich habe ohnehin kein Kleingeld.«
Ich stellte den bereits laufenden Motor wieder ab. Béa kugelte sich neben mir zusammen und schlang ihre Arme um die hochgezogenen Knie. Ihre elegant beschuhten Zehen guckten dabei leicht über den Sitzrand hinaus. Dann umarmten wir uns. So ungestüm war unsere Umarmung, daß ich glaubte, gespenstische Negativabdrücke ihres Herzens, ihres Halses, ihrer Eingeweide würden auf mein Herz, meinen Hals, meine Eingeweide geprägt werden und umgekehrt. Wir überhäuften des anderen Antlitz, Lippen, Brauen, Wangen und Hals mit Küssen. Taub geworden durch das ekstatische Summen meiner Leidenschaft, hörte ich nichts mehr, sondern sah bloß, wie Béas Mund immer ein »Mehr! Mehr!« formte, wenn ich auftauchte, um nach Luft zu schnappen, und ihre Lippen flüchtig losließ. Ich fühlte mich, als würden wir auf Samt, auf flüssiger Milchschokolade Ski laufen.
Und dann war alles so abrupt vorbei, wie es begonnen hatte. Ein Schrei zerriß die Stille.
Béa sah mich nicht an, sondern an mir vorbei. Ich wandte den Kopf in dieselbe Richtung wie sie, und was ich durch das Wagenfenster wie auf einem Röntgenschirm erblickte, war das Skelett eines Gesichts mit zwei abgrundtiefen Schatten anstelle der Augen, ausgesetzt auf einem Meer von Totenblässe. Auch eine Nase klebte flachgedrückt an der Scheibe.
Ich entwand mich Béa und öffnete die Tür. Furchtsam wich

das Gesicht zurück und verschwand so schnell, wie vor langem jener leuchtende Punkt des Rolls' von der Windschutzscheibe meines Minis verschwunden war, aber die beiden Augen bohrten sich weiterhin in die meinen. Sie gehörten Sacha. Seine Miene war aschfahl, monochrom und so zerquält wie die eines Filmidols aus der Vorkriegszeit. Ich streckte die Hand nach ihm aus – ob zur Abwehr oder Besänftigung des Mannes könnte ich gar nicht sagen. Denn gerade als ich mich zu rühren begann, vernahmen wir beide Béas Stimme aus dem Rolls.

»*Sacha!* Oh mon Dieu, mais qu'est-ce que tu es en train de faire? Tu m'espionnes maintenant?«

Diese Stimme, in der keinerlei Wärme oder Zuneigung oder auch nur normales menschliches Mitgefühl mitschwang, das vielleicht schon seinen Zweck erfüllt hätte, ein Mitgefühl, wie ich es selbst ihm vorübergehend entgegenbrachte, wirkte sich auf Sacha wahrhaft fürchterlich aus. Er wandte mir eine Miene zu, auf die ich nicht gefaßt war, weil sich in ihr nicht etwa Abscheu, sondern hilfloseste Verzweiflung spiegelte, und produzierte zwischen den Lippen einen bizarren Knacklaut: Er knirschte mit den Zähnen. Sekundenlang standen wir uns gegenüber. Dann nahm er Reißaus. Bevor ich ihn zu packen vermochte (sofern dies meine Absicht war, als ich den Arm nach ihm ausstreckte), konnte man sehen, wie sich seine seltsame knochige Silhouette – die von einem übergroßen schwarzen Anzug umhüllt wurde, der irgendwie noch finsterer wirkte als die tiefe Finsternis um ihn herum – flatternd vor dem Himmel abzeichnete, als wäre es eine Vogelscheuche in Trauer. (Nun fiel mir wieder ein, daß ich mich bereits in der Villa Lazarus gefragt hatte, ob er vielleicht unter einer seltenen Störung der motorischen Artikulation oder Koordination litt.)

Ich wollte ihm schon nachsetzen, als ich hörte, wie Béa ungeduldig aus dem Rolls rief: »Guy! Guy, steig bitte wieder ins

Auto. Wir müssen ihn einholen. Du hast ja keine Ahnung, wozu er imstande ist.«

Hastig stieg ich in den Rolls.

»Laß den Motor an, schnell! Und übrigens, Guy«, sagte sie und drückte meine auf dem Lenkrad liegende Hand, »wenn du nicht willst, daß wir uns nie – *niemals* – wieder sehen, mußt du alles, was ich sage und tue, decken. Verstehst du? Wie sehr dir das auch weh tun mag.«

Ich nickte.

»Ja, ich verstehe. Aber ...«

»Laß den Wagen an.«

Wir nahmen die absurde Verfolgung auf – absurd, weil wir bloß dreißig Sekunden brauchten, um den armen Kerl einzuholen, den sein abgehackter Lauf, mal hierhin und mal dahin, kaum vom ursprünglichen Standort des Rolls' wegkommen ließ. Und als wir neben ihm herfuhren, unweit eines verwilderten, verwahrlosten Grasstreifens, schien er sowohl aufgebläht wie eingeschrumpft zu sein und jedenfalls menschlichere Dimensionen angenommen zu haben – er war ein Mensch, ein Mensch wie jeder andere. Als ich ihn sah, seine allzu augenscheinliche Bedrängnis sah, packte mich erneut ein widernatürliches Mitgefühl.

Anfangs wollte Sacha nicht in den Wagen steigen, obwohl Béa ihm in kühlem Ton klarmachte, daß er unmöglich zu Fuß nach Hause gehen könne. Sie beschwatzte und bekniete ihn und sagte, er solle sich nicht so gehenlassen: Wir würden uns zusammensetzen und wie die zivilisierten Erwachsenen, die wir seien, darüber reden. Sie machte dunkle Anspielungen auf eine gemeinsame Vergangenheit, zu der mir der Zutritt verwehrt war – manche davon hörten sich zärtlich an, andere schon weniger –, und ich konnte sehen, wie er langsam weich wurde, obschon er mich weiterhin so bösartig anfunkelte, wie ich es von unserer ersten Begegnung her kannte. Schließlich, als die Macht des Wortes erschöpft war, beugte sich Béa über meine Schultern und stieß einfach eine der hinteren Türen des Rolls' auf. Obwohl er immer noch vor Wut zitterte, stieg Sacha ein, und wir fuhren zurück nach Saint-Malo.

Im korallenrot-blauen Salon zündete sich Béa eine weitere Zigarette an und zog den Rauch tief ein. Ich saß steif in einem Sessel. Sacha – der nicht Platz nehmen und sich auch keinen Drink anbieten lassen wollte – stellte sich vor uns beide und verdeckte die Sicht auf den über dem Kaminsims hängenden Balthus.

»Hör zu, Sacha«, sagte Béa und drückte ihre höchstens zur Hälfte gerauchte Dunhill in einen trüben, grünlich-blauen und klobigen Glasaschenbecher, der einem Miniatur-Swimmingpool in Bel Air glich. »Ich bin nur aus einem Grund zu Guys Hotel hinausgefahren, aus einem einzigen Grund – ich wollte mich für die beschämende Szene heute mittag entschuldigen. Nur darüber haben wir uns unterhalten. Ich fühlte mich verpflichtet, ihm mein Bedauern auszusprechen.«

Ich hörte hier zwei Lügen heraus. Sacha jedoch stürzte sich bloß auf die erste.

»Soso«, sagte er und blickte Béa, dann mich und dann wieder Béa an. »Du bist also zu seinem Hotel hinausgefahren, wie? Und womit? Mit dem Rolls?«

»Nein, natürlich nicht«, antwortete sie, ohne sich aus dem Gleichgewicht bringen zu lassen. »Wie denn auch? Guy hatte den Wagen den ganzen Tag über, das weißt du doch. Ich bestellte ein Taxi.«

»Ach so«, sagte Sacha. »Ach so. Du bist also mit dem Taxi zwanzig Kilometer aus der Stadt hinausgefahren und hast einfach darauf vertraut, daß er« – hier zeigte er auf mich – »schon in seinem Zimmer sein würde.«

»Nein«, sagte Béa in unverzagt geduldigem Ton. »Ich rief Guy an, um mich zu entschuldigen, und er lud mich zu einem Drink ein, was ich dankend annahm. Wieso – hätte ich das etwa nicht tun sollen?«

Ich zermarterte mir das Hirn nach dem Namen jenes Hotels, zu dem mich Béa im Rolls gelotst hatte und in dem ich, wie ich nun erfuhr, angeblich als Gast weilte, doch er wollte mir beim besten Willen nicht einfallen.

»Und im Wagen?« fragte Sacha spöttisch. »Sieht so für dich eine Entschuldigung aus?«

»Solche Sachen«, antwortete Béa, »passieren eben. Guy weiß genau, daß er mir nichts bedeutet.«

Als ich ihr zuhörte, redete ich mir ein, daß Béa dies sagen mußte und mich über ihre Strategie ja bereits aufgeklärt hatte. Trotzdem …

Sacha wandte sich nun an mich.

»Et la clé«, sagte er und besprühte mich mit einsilbigen französischen Wörtern. »Ça vous dit quelque chose?«

Zum drittenmal an diesem Tag hörte ich die beiden von einem »Schlüssel« sprechen.

»La clé? Quelle clé? De quoi vous parlez tous les deux?«

»La clé de la tour.«

Ich blickte beide abwechselnd an, und mir wurde klar, daß ich als einziger nicht wußte, wovon Sacha sprach. Zumindest in diesem Punkt stand Béa auf *seiner* Seite.

»Was soll denn das Ganze? Ich weiß nichts von einem Schlüssel. Oder einem Turm. Könnte mir das bitte jemand erklären?«

Stille trat ein. Doch anstatt meine Frage zu beantworten, wollte Béa von Sacha wissen, ob er nun die Haltlosigkeit seiner Anschuldigung einsehe.

Er starrte sie eine Ewigkeit an. Dann schüttelte er fast bedauernd den Kopf.

»Trop tard, Béa, trop tard. Même si je m'efforçais de te croire, même si tu ne lui as rien dit – après cette petite scène révoltante je ne pourrais plus te faire confiance. Plus jamais.« Hier fiel er ins Englische zurück, als wollte er sicherstellen, daß auch ich ihn verstand. »Aber du wirst schon sehen, ihr werdet beide noch sehen. Ich habe meine Vorsichtsmaßnahmen getroffen.«

Béa lief rot an, und ihr Blick schoß instinktiv im Salon herum.

»Was hast du jetzt wieder angestellt?«

Sacha schwieg.

»Gott, was für ein Idiot du sein kannst! Nein, der Idiot war ja ich. Es war idiotisch von mir, zu glauben, daß ich mich auf dich verlassen könne. Es ist vorüber, das ist dir bestimmt klar – aus und vorbei. Alles.«

Sacha wurde kreidebleich – wieder war da diese Armesündermiene, diese Miene untröstlichen Leids, und seine Unterlippe bebte wie die eines ausgescholtenen Kindes. Und kurz darauf stakste er mit seinem gewohnt ruckartigen und welpenhaften Gang aus dem Zimmer.

Keine zwei Minuten später hörten wir, wie ein Wagen rumpelnd die Villeneinfahrt hinunter und auf die Straße hinausfuhr. Béa trat ans Fenster und zog eine Gardine beiseite. Fragend blickte ich sie an.

»Macht nichts. Ich kenne ihn. Morgen ist er zurück.«

Nach Sachas Abgang erfüllte eine seltsame Stille den Raum, sozusagen eine Ruhe nach dem Sturm anstatt davor. Eine Weile sprachen wir kein Wort. Béa wußte so wenig wie ich, was wir einander sagen sollten, falls es überhaupt etwas zu sagen gab. Ihrem Schweigen entnahm ich, daß sie immer noch dem Zwischenfall nachsann, und deshalb bedrängte ich sie nicht mit den zahlreichen Fragen, die *mich* bedrängten. Als sie schließlich doch sprach, schlug sie lediglich vor, wir sollten uns einen Schluck genehmigen. Ich fragte sie abermals, nachdem Sacha ja nun gegangen und wieder Ruhe eingekehrt

war, was das Ganze solle, dieses Gerede über Schlüssel und Türme. Sie erwiderte, es habe nichts zu bedeuten, jedenfalls nichts, worüber sie sprechen könne.
Ich sagte, ich hätte gern einen Whisky – und fügte hinzu, sie wisse doch hoffentlich, daß sie sich auf mich verlassen könne, falls sie in ernsthaften Schwierigkeiten sei. Aber vielleicht hörte sie diese letzten Worte gar nicht mehr, war sie doch bereits in die Küche verschwunden, von wo ich das Öffnen einer Kühlschranktür und kurz darauf das Herausbrechen von Eiswürfeln aus ihren Gummiwaben vernahm. Einer der Würfel glitt über den Tisch und plumpste auf den Fußboden. Dann herrschte Stille.
Nachdem ich ein paar Minuten auf sie gewartet hatte, erhob ich mich und ging durch den Korridor in die Küche. Auf einem Tisch, der aus einer der Wände ragte und den blitzsauberen Raum in zwei gleich große Hälften teilte, stand ein Emailtablett und darauf zwei Kristallgläser mit Eiswürfeln, jedoch keine Whiskyflasche. Ich vermutete, daß Béa irgendwo in der Villa danach suchte.
Ich begab mich wieder in den Salon und nahm auf einem Sofa Platz, das vor einem fast ebenso langen gläsernen Couchtisch stand (das Sofa seinerseits war so lang wie eine Hawaiibar). Ich saß da, rauchte und überlegte, überlegte und rauchte – wobei ich den Rauch aus dem einen und meine Überlegungen gewissermaßen aus dem anderen Nasenloch stieß. Der Lauf der Ereignisse in den letzten vierundzwanzig Stunden hatte mich bereits so durcheinandergebracht, daß ich mir gar nicht denken konnte, was als nächstes folgen würde, und nun begannen auch noch meine Schläfen wild zu pochen. Ich betrachtete nacheinander und ohne einen Gedanken daran zu verschwenden, was ich da tat, die elegante Farbkombination der Saloneinrichtung, den Balthus über dem Kaminsims (eine wahre Wonne), die Genrebilder aus dem achtzehnten Jahr-

hundert, die neben dem Kamin so dicht nebeneinander hingen, als wären sie Teil eines größeren Gemäldes, vielleicht einer Museumsdarstellung, und schließlich die gläserne Tischplatte direkt vor mir. Auf diesem Tisch standen ein unhandliches silbernes Feuerzeug, geformt wie Aladins Wunderlampe, eine Vase mit anmutig dünnen und vermutlich künstlichen Weidenkätzchen und ein Stapel mit vier großformatigen Büchern, deren Rücken genau parallel zueinander angeordnet worden waren (obwohl die auf jene Rücken gedruckten Titel auf dem Kopf standen, konnte ich sie ohne große Anstrengung entziffern: *Robert Mapplethorpe, Christian Bérard, Hans Bellmer* und schließlich der schwierigste: *L'Histoire de la Peinture en Trompe-l'Œil*). Und dann fiel mir – so weit auf der linken Seite des Tisches liegend, wie jene anderen auf der rechten lagen – ein weiterer prächtiger Band auf, der aufgeschlagen war und eine Schwarzweißabbildung zeigte, die von einer zusammengefalteten Ausgabe des *Figaro* und einem sorgfältig schräg darüber gelegten vergoldeten Füllfederhalter halb verdeckt wurde.

Ohne daß ich den Grund hätte benennen können, hakten sich meine Augen schließlich genau an dieser Anordnung von Gegenständen fest. Ebenfalls hier – und abermals ohne ersichtlichen Grund – verfiel ich plötzlich darauf, meinen Blick so zu fokussieren, daß der Großteil des Raumes verschwamm und bloß noch das Buch, der Füller und der *Figaro* aus dem unscharf gewordenen Hintergrund hervorstachen. Doch auch das war mir noch nicht nahe genug. Etwas veranlaßte mich, aufrecht zu sitzen – denn halb lag ich noch auf dem Sofa – und noch näher heranzugehen.

Der mittlere Teil der Abbildung wurde wie gesagt von der Zeitung und dem Füllfederhalter verdeckt, und ich erkannte nun, daß parallel darunter eine in ähnlicher Weise verborgene Bildlegende stand, von der bloß die ersten und letzten Wörter

zu erkennen waren. Ich las sie. Links vom *Figaro* standen zwei: »La« und »Clé«, rechts dagegen drei: »de La Tour«.
La Clé de La Tour. Der Schlüssel zum Turm.
Ich sprach jene Wörter innerlich in beiden Sprachen nach. Dann setzte ich mich kerzengerade hin, wischte den Füller mit einer achtlosen Handbewegung beiseite und hob den *Figaro* langsam hoch. Die Abbildung, die dieser verborgen hatte und die sich über eine Doppelseite des Buches erstreckte, war das schwarzweiße Hochglanzfoto eines Gemäldes. Und jetzt, da der *Figaro* und der Füllfederhalter entfernt waren, ließ sich dessen Legende *in toto* lesen. Sie lautete: *»La Clé de Vair« von Georges de La Tour.*
Auf dem Bild waren zwei Figuren zu sehen, beide auf Taillenhöhe abgeschnitten. Die linke Figur, vom Betrachter aus gesehen, war ein bartloser junger Mann mit Ringellocken, Stupsnase und bläßlichem Teint, dessen zur Hälfte sichtbarer Körper zu eunuchenhafter Korpulenz neigte und einen höchst schematischen Eindruck hinterließ – kurz und gut, er war, gemessen am Ruf des Malers, kein besonders glaubwürdiger Mensch, und seine Gesichtszüge waren weit weniger gelungen als seine Kleidung. Er trug eine gefältelte Mütze, auf der eine Straußenfeder steckte, die so hausbacken wirkte wie die Rauchwolke aus einer Tabakspfeife, einen dunklen Samtrock mit höllisch komplizierten, sorgfältigst ausgeführten Achselbändern und einer Weste, deren buntes Jagdmotiv mit all seinen prächtig ausstaffierten Höflingen zu Pferd und den Windhunden, die wie Bettfedern aufsprangen, deutlich hervorstach. Links von ihm – und für mich rechts – stand eine Frau. Ihre Züge allerdings ließen sich nicht ohne weiteres erkennen, hielt sie doch in der linken Hand eine Kerze, die einen Schimmer über die untere Hälfte ihres vollkommen ovalen Gesichts warf und so die Modellierung neutralisierte, die das Gesicht sonst akzentuiert hätte. Ihr aschblondes Haar war zu einem strengen

Chignon zusammengebunden, aus dem einzelne Strähnen und Korkenzieherlocken in die leichenblasse Stirn hingen; ihre Augen mit den langen Wimpern erschienen gewissermaßen im Profil und waren ihrem männlichen Begleiter schräg zugewandt; und ihr Mund stand nahezu unmerklich offen, als habe sie ihm gerade etwas Bedeutsames mitgeteilt. Sie war von den beiden die schlichter Gekleidete und trug ein einfaches Gewand mit züchtigem halbkreisförmigem Ausschnitt sowie, als einzigen Schmuck, eine jade- und perlenbesetzte Schärpe, eine Schärpe, die weniger funkelte, als sie hätte funkeln können, da um den gespenstischen Schein der Kerze Schatten wie Nachtfalter schwebten. Abgesehen von diesen menschlichen Gestalten befanden sich im kargen und einzig von der Kerze der Frau beleuchteten Raum, in dem La Tour sie porträtiert hatte und der kaum größer als eine Mönchszelle war, bloß zwei weitere Kompositionselemente, die Erwähnung verdienten: eine Tür, deren knorriger Holzknauf hinter der Figur des jungen Mannes zu erkennen war, sowie entweder ein Fenster oder aber die Miniatur eines Landschaftsbildes – gemalt in einem schrillen, morbiden und überfeinerten Stil, der an El Greco erinnerte –, welches eine Insel zeigte, die aus einem erstarrten Meer auftauchte und, sich nach oben hin verjüngend, einen kleinen schwarzen Felskegel bildete. Auf dem höchsten Punkt jenes Felsens, aufgepflanzt wie die Flagge eines Bergsteigers, stand ein Steinturm von einfachster Bauart und ohne jeden praktischen Nutzen, da er weder über Tür noch Fenster verfügte.
Hinzu kam jedoch noch ein weiteres Detail, das bedeutendste von allen, welches aber so subtil war, daß ich einige Sekunden genau hinsehen mußte, bis ich es schließlich erkannte. Mit der rechten Hand übergab die Frau ihrem Begleiter verstohlen (doch wieso verstohlen? Abgesehen vom Maler hielt sich im Raum niemand auf, der die beiden bei welcher Übeltat auch immer in flagranti hätte ertappen können) einen kleinen

Säckel oder Beutel aus Pelzwerk, dessen Rand von einer mit winzigen Troddeln geschmückten Schnur zusammengezogen wurde. Form und Größe, aber auch die asymmetrischen Ausbuchtungen an der Oberfläche machten es offenkundig, daß sich in diesem Säckel oder Beutel ein Schlüssel befand.
Unter der Legende wurde in einem Kästchen die bewegte Geschichte des Gemäldes erzählt. Fasziniert las ich:

La Tours »La Clé de Vair« (»Der Pelzschlüssel«) wurde mit höchster Wahrscheinlichkeit in den frühen vierziger Jahren des siebzehnten Jahrhunderts gemalt, was aus zwei bildinternen Details hervorgeht. Erstens ist das Gemälde vom Künstler (auf lateinisch) am linken Rand signiert, während keines der frühesten Bilder La Tours, wie wir bereits gesehen haben, seine Signatur trägt. Zweitens gehört es, selbst wenn es ein weniger überzeugendes Beispiel darstellt als andere Bilder, die er im selben Genre später noch schaffen sollte, zweifelsohne zu jener geheimnisvollen Reihe der »Nachtstücke«, deren Beginn nach allgemeinem Dafürhalten »Le Paiement des Taxes« darstellt, welches heute in der Gemäldegalerie Lwow hängt. Zwar hat das Datum eben dieses Bildes stets zu Spekulationen Anlaß gegeben, denn obschon neben der Signatur eine gemalte Jahreszahl zu sehen ist, kann man bloß die ersten beiden Zahlen, »16«, entziffern. Die durch den sowjetischen Kunsthistoriker und großen Bewunderer La Tours Juri Zolotow vorgenommene Datierung auf das Jahr 16(41) oder 16(42) bleibt bis heute umstritten. Dessen ungeachtet scheint der deutliche Anklang an »Le Paiement des Taxes« in Stil, Technik und Komposition zweifelsfrei zu belegen, daß »La Clé de Vair« jenem in der Werkgeschichte unmittelbar vorausging oder ihm aber, was wahrscheinlicher ist, im Abstand von höchstens ein oder zwei Jahren folgte.
Ungeklärt ist die ursprüngliche Herkunft des Gemäldes – das heißt, wer es aus welchem Grund in Auftrag gab, letzteres auch

im Hinblick auf seine vieldeutige Ikonographie –, und der erste Hinweis auf seine Existenz taucht Anfang des neunzehnten Jahrhunderts im Staatsarchiv auf, das es als Stück aus der Sammlung von Iwan Domsky (1761–1829) verzeichnet, einem Moskauer Adligen, der es offensichtlich 1824 dem Lubomirski-Museum in St. Petersburg schenkte (in dem sich einst auch »Le Paiement des Taxes« befand). Obwohl dem Namen des Künstlers gegenüber gleichgültig – er erwähnte ihn nirgends –, wies Turgenjew in zwei seiner kunstkritischen Essays, die er in den achtziger Jahren des neunzehnten Jahrhunderts verfaßte, auf das Bild hin (leider jedoch nur flüchtig). Daraus können wir schließen, daß es vermutlich bis zur Revolution des Jahres 1917 in der Sammlung des Museums verblieb. Seither jedoch wurde »La Clé de Vair« in Rußland – beziehungsweise in der Sowjetunion, wie das Land selbstverständlich fortan hieß – nirgends mehr öffentlich verzeichnet, noch findet sich bis ins Jahr 1937, als die oben abgebildete Fotografie entstand, irgendeine weitere Bestätigung seiner Existenz.

Praktisch zeitgleich bezeugten Zolotow und der renommierte Pariser Kunsthändler Pierre Rosenberg, daß es sich beim fraglichen Fotografen um den inzwischen verstorbenen Mikaël Duphin aus Caen handele. Duphin führte aber leider nur sehr mangelhaft Buch über eingegangene und ausgeführte Aufträge. Sein Atelier an der Rue Lorraine in Caen wurde schon vor geraumer Zeit dem Erdboden gleichgemacht, und auch die einzige noch lebende Angehörige, Duphins heute in Genf wohnhafte Tochter, vermag sich nicht mehr an die Umstände zu erinnern, unter denen das Gemälde aufgenommen wurde.

Wenn wir also den nicht über jeden Zweifel erhabenen Katalog des Lubomirski-Museums beiseite lassen (welcher das Bild, ana log zu der in zahlreichen russischen Museen gängigen inoffiziellen oder halboffiziellen Praxis, durchaus noch als Erwerbung aufgeführt haben mag, nachdem es in Wirklichkeit bereits aus der

Sammlung verschwunden war), kann mit Sicherheit einzig festgehalten werden, daß »La Clé de Vair« – ein Kunstwerk, das für eine entscheidende Phase in La Tours Entwicklung steht – zum letztenmal 1885, anläßlich des Zeitungsabdrucks von Turgenjews Essays, gesichtet wurde. Leider steht zu befürchten, daß es für die Nachwelt unwiederbringlich verschollen ist.

Ich steckte den Daumen zwischen die Seiten, schloß den Band und warf zuerst einen Blick auf den Buchrücken – beim Verlag handelte es sich, wie ich feststellte, um die Porlock Press in Cambridge (Cambridge, England und nicht Cambridge, Massachusetts) – und dann auf den Umschlag. Der Titel lautete *The Pictorial Art of the Seventeenth Century* und stammte aus der Feder eines gewissen Alexandre Liebermann. Auf den ersten oder letzten Seiten fand sich weder ein Foto noch eine Kurzbiographie des Autors, und so schlug ich das Buch wieder auf und betrachtete erneut die Reproduktion.
Als mein Blick darüber streifte, spürte ich ein Pochen in meinen Schläfen. Irgend etwas an diesem Gemälde verstörte mich … etwas an seinem… etwas, das ich nicht genau …
»Eh bien. Du hast den Schlüssel gefunden.«
Ich zuckte zusammen. Béa stand vor mir und trug auf einem Bambustablett die beiden eisgefüllten Gläser, die ich auf dem Küchentisch gesehen hatte – und zu denen nun auch noch eine halbvolle Flasche Johnnie Walker gekommen war. (In Klammern möchte ich hinzufügen, daß mir auffiel, wie unerklärlich lange sie gebraucht hatte, um jene Flasche aufzustöbern und herzubringen. Ob sie mich wohl *bewußt* auf jenes Buch – welches einfach so dalag und seine entscheidende Seite vollkommen freizügig zur Schau stellte – hatte stoßen lassen? Klammer zu, sagte ich mir, doch halt die Augen offen.)
Sie stellte das Tablett auf den Couchtisch und schaffte innerhalb der Flotte von Objekten, die bereits auf der Tischplatte

vor Anker lagen – den Büchern, dem Feuerzeug, der Vase mit den Weidenkätzchen – notdürftig Platz. Ich betrachtete Béa gebannt und wartete stumm darauf, bis sie das Beweisstück direkt vor sich hatte. Wer sich in einen Liegestuhl sinken läßt, erreicht irgendwann den Punkt, an dem er sich rein körperlich nicht noch tiefer hinabsenken kann, sondern einfach *loslassen,* einfach auf den Grundsatz vertrauen muß, daß der Stuhl, wenn man die Luft durchquert hat, immer noch ergeben dastehen wird, um einen aufzufangen. In meinem Umgang mit Béa hatte ich besagten Punkt erreicht.

Ich tippte mit dem Finger auf die Reproduktion und sagte: »Das ist *la clé de la tour,* nicht wahr?«

Béa nickte – und abermals hatte ich das Gefühl, sie lenke mich bewußt zu jenem Punkt hin, an dem es immer wärmer wurde, denn sie nickte nicht bloß, um mir zu bestätigen, was ich bereits herausgefunden hatte, sondern auch, um mich aufzufordern, weitere Entdeckungen zu machen, wobei sie mir jedes Stückchen Wahrheit entlockte, wie man einem Schüler Punkt für Punkt irgendeine historische Jahreszahl – 1066, die Schlacht von Hastings – entlockt.

»Das bedeutet doch«, fuhr ich fort, »daß das Bild nicht verloren ist, sondern existiert. Nicht wahr?«

Eine Pause.

»Nicht wahr?«

Abermals ein stummes Nicken von Béa.

»Heute morgen habe ich gehört, wie du in diesem Zimmer Sacha aufgefordert hast, nach dem Schlüssel zu suchen – *va chercher la clé,* genau das waren deine Worte – und das bedeutet, daß er, der Schlüssel ... nein, ich meine das Bild, irgendwo in der Villa war ... Nein, ich liege schon wieder falsch, denn Sacha ist es *draußen* holen gegangen. Genau ... genau so muß es gewesen sein! Das Gemälde muß irgendwo im Wagen gelegen haben, im Rolls.«

Ein Nicken.
»Dann war also das Bild – das existiert – im Rolls … Allerdings …« (ganz heiß) »… war es ja Jean-Marc, der vorgeschlagen hat, mit mir den Wagen zu tauschen, also kann *er* nichts davon gewußt haben. Er hat unmöglich wissen können, daß es im Rolls lag, sonst hätte er diesen Tausch nie gemacht. Aber du wußtest es … du und Sacha, Sacha Liebermann, Alexandre Liebermann, ihr wußtet beide, daß sich das Bild dort befand.« (Ein Georges de La Tour – ich war mit einem unbezahlbaren Georges de La Tour im Kofferraum, oder wo immer er versteckt gewesen war, die ganze Zeit durch Saint-Malo gekurvt.)
Béa goß uns beiden einen Whisky ein und drückte mir mein Glas in die Hand.
»Chin-chin«, sagte sie nüchtern und stürzte ihren hinunter.
Ich nippte ohne Begeisterung an meinem und wartete darauf, daß sie etwas sagte. Doch als sie es tat, wußte sie eine unglaubliche Geschichte zu erzählen. Ich müsse mir einfach bewußt sein, sagte sie mit Nachdruck, welcher Natur ihre Beziehung zu Jean-Marc sei. Aus dem, was sie im Monna Vanna dazu hatte verlauten lassen, hatte ich geschlossen, daß ihre gegenseitige körperliche Anziehung zu jener entspannten Ungeneigtheit abgeflaut war, der wohl jede langfristige Verbindung früher oder später anheimfällt, ja, daß ihre Ehe buchstäblich zu einer Zweckehe geworden war. Nun sollte ich jedoch erfahren, daß Béa Jean-Marc in Wahrheit *verabscheute*. Umgekehrt hatte sein Verlangen nach ihr offenbar nie nachgelassen, und schon seit langem konnte sie sein Hätscheln und Tätscheln nicht mehr ertragen, seinen argwöhnischen Blick auf die Kontakte, die sie pflegte, auf die Kleider, die sie trug, ja, selbst auf die Träume, die sie hatte.
Als ich sie halb im Scherz fragte, ob sie tatsächlich behaupten wolle, Jean-Marc habe sie »gekauft«, antwortete sie mit einem

schlichten »Ja.« Er habe sie gekauft, wie er seinen Rolls und seine Gemälde und alles andere gekauft habe, was er in seinem Leben je besessen habe. Und mit der Zeit habe sie nach einem Ausgang aus dieser Hölle zu tasten begonnen.

Es war Sacha gewesen, der ihr den Ausweg gezeigt hatte, Sacha alias Alexandre Liebermann, weltbekannter Experte für die französische Malerei des siebzehnten Jahrhunderts und Autor jenes Buches, das noch immer zwischen Béa und mir auf dem Couchtisch lag. Private Sammler holten bei Sacha oft Expertisen über Gemälde ein. Und eines dieser Gemälde, das einem Ehepaar Mitte sechzig aus der Normandie gehörte – er der Inbegriff eines französischen Provinznotars, sie so schüchtern, daß es ihr sichtlich peinlich war, die Zeit eines ausgewiesenen Fachmanns zu verschwenden, einmal ganz zu schweigen (und sie verschwieg es auch tunlichst) vom eigenen guten Geld, zumal es sich, wie sie fand, bloß um eine drittklassige Kleckserei handelte, mit der man die Tür eines Wandtresors in der Bibliothek des *notaire* verdeckt hatte –, war »La Clé de Vair«. Nachdem Sacha es ein paar Minuten lang kritisch geprüft hatte, war ihm klar geworden, daß es in den Tresor gehörte, anstatt diesen zu beschützen. Es war unendlich viel mehr wert als alles, was der *notaire* und seine Gattin für ihren Lebensabend beiseite geschafft haben konnten. Obwohl er es noch nie in natura gesehen hatte, wußte er augenblicklich, worum es sich handelte – schließlich hatte er es in seinem Buch angeführt. Im Laufe der Jahrhunderte waren so viele Bilder von Georges de La Tour verlorengegangen und galten als unwiederbringlich verschollen, obwohl sie möglicherweise bloß verlegt worden waren. Dies war keineswegs der erste derartige Glücksfall.

Noch am selben Tag war Sacha in panischer Hast von seinem Atelier aus über die Küstenstraße hierhergefahren und hatte Béa die ganze Geschichte erzählt. Und sie erkannte in dem

Glücksfall augenblicklich und endlich die Gelegenheit, unter dem Grabstein ihrer eigenen Existenz hervorzukriechen.

»Ich wußte nicht mehr ein noch aus und wäre zu allem bereit gewesen. Urteile nicht allzu streng über mich.«

»Béa, ich habe doch gar nicht vor, über dich zu urteilen.«

Nun kam der heikle Teil. Béa gestand, daß es ihre Idee gewesen sei, den verwirrten und schlecht gerüsteten Besitzern das Gemälde zu einem Spottpreis abzukaufen – allerdings nicht zu einem Spottpreis, der diese argwöhnisch machen würde. Tatsächlich erklärten Béa und Sacha sich bereit, dreißigtausend Francs hinzublättern, nach allgemeinen Maßstäben eine anständige Summe, wenn auch durchaus kein angemessenes Angebot für einen echten Georges de La Tour. Monsieur und Madame Notaire hegten keinerlei Verdacht, sondern zeigten sich ganz im Gegenteil überaus erfreut und willigten bedenkenlos ein. Sachas Ruf und Redlichkeit waren schließlich unanfechtbar, sein Buch hatten sie nie gelesen und wußten wahrscheinlich auch gar nicht von dessen Existenz, und als Grund für den Kauf des Gemäldes – welches er ihnen als recht gelungene, wenn auch zusammengestoppelte Kopie eines französischen Caravaggio-Epigonen beschrieb – machte er seine Leidenschaft für sämtliche Kunstwerke jener Zeit geltend, unabhängig von Genre und Qualität.

»Aber weshalb war Sacha denn bereit, für einen solchen Schwindel seine Reputation aufs Spiel zu setzen?«

»Am Anfang war er es nicht«, erwiderte Béa. »Ich mußte ihn überzeugen.«

»Und wie hast du das geschafft?«

Nach kurzem Zögern antwortete sie: »Na, wie wohl? Ich ging mit ihm ins Bett.«

»Ach so.«

»Sacha war in mich verliebt. Er war in mich verliebt, seit er bei Jean-Marc angefangen hatte. Ich zeigte kein Interesse an ihm, was Jean-Marc aber nicht hinderte, uns beide zu verdächtigen. Manchmal glaube ich, er behielt Sacha nicht nur, weil er unersetzbar war – er versteht ja so viel mehr von Malerei, als Jean-Marc je verstanden hat –, sondern auch, um uns auf die Probe zu stellen. Als würde Jean-Marc, entließe er Sacha, niemals erfahren, ob wir tatsächlich ein Verhältnis hatten. Er konnte uns einzig und allein dann in die Falle locken, wenn er Sacha hier behielt, selbst wenn dadurch die Wahrscheinlichkeit um so größer wurde, uns tatsächlich bei irgend etwas zu ertappen. Und schon lange vor der Sache mit dem La Tour geriet ich manchmal in Versuchung, Sacha aus seinem Elend zu erlösen und mit ihm zu schlafen – nur um Jean-Marc recht zu geben. Es gibt zwei Arten, mit ungerechtfertigten Anschuldigungen umzugehen. Entweder man bestreitet sie – oder aber man gibt ihnen recht. Guy, ich *hatte* sie bestritten, ich hatte sie immer wieder bestritten, doch das funktionierte nicht, weshalb ich bereit war, ihnen recht zu geben, als ›La Clé de Vair‹ auftauchte. Und damit war die Sache wohl klar.«

»Davon bin ich überzeugt.«

»Du hast versprochen, nicht über mich zu urteilen.«

»Tu ich ja gar nicht. Erzähl weiter.«

Nun, da sie dieses Meisterwerk von La Tour in ihren Besitz gebracht hatten, waren sie etwa einen Monat lang unschlüssig, was sie damit anstellen sollten. Eines allerdings erkannten sie sogleich: Das Bild konnte niemals in den regulären Handel kommen. Mochte auch das arme Ehepaar Notaire außerstande sein, dessen wahren Wert zu erkennen, dem prüfenden Blick der Kunstwelt konnte man es unmöglich aussetzen. Sollte sein Überleben jemals bekannt werden, würde ein erbittertes Tauziehen zwischen den verschiedenen interessierten und indignierten Parteien losgehen: den russischen Behörden (von ihren französischen Pendants ganz zu schweigen); dem

Lubomirski-Museum; den Nachkommen Iwan Domskys, sollten noch welche am Leben sein; und als Nachhut, wiewohl auf verlorenem Posten kämpfend, den beiden Einfaltspinseln aus der Normandie, die sich über die dreißigtausend Francs so riesig gefreut hatten. Es war eine Ironie des Schicksals, daß Sacha das ohnehin tückische Unterfangen noch erschwerte, indem er in seinem Buch über das Gemälde geschrieben hatte. Doch eine zweite Ironie war noch weitaus raffinierter. Jean-Marc selbst führte schließlich unbewußt die Lösung herbei. Einer seiner wohlhabendsten Kunden war ein libanesischer Industrieller, der auf einem feudalen Landsitz außerhalb Londons – Béa vermutete in Kent – ein prunkvolles Eremitenleben führte, in einer Villa, die von Gemälden Alter Meister und *petits-maîtres* nur so starrte. Von Geburt an Milliardär – sein Vater hatte ihm eine auf dem ganzen Globus operierende Tankerflotte vererbt –, war er laut Jean-Marc zwar nicht gerade das schwarze, aber doch, sofern es so etwas gibt, das graue Schaf der Familie. Sein einziger Wunsch war es, in Ruhe gelassen zu werden, damit er sich an seinen angehäuften Prachtstücken weiden konnte, und so hatte er, was die Firma seines Namens anging, zwar Autorität, aber keine Befugnisse. Seine Teilnahme an Sitzungen war nur dann erforderlich, wenn es Schriftstücke zu unterzeichnen galt. Nasr (der Name des Kunden) unterzeichnete, immer noch laut Jean-Marc, massenhaft Schriftstücke, gelegentlich auch in seiner (Jean-Marcs) Gegenwart. Einige davon las er, andere nicht, doch das schien ohnehin nicht so wichtig zu sein. Diese Schriftstücke wurden von seinem Schreibtisch gezaubert, bevor die Unterschrift trocken war, und zwar von zwei in Armani-Anzügen steckenden spitzbärtigen Arabertypen, die dann aus seinem Leben entschwanden, um einen Monat später wieder mit einem Koffer voller neuer Schriftstücke aufzutauchen. Die Zeit zwischen diesen Signierstunden verbrachte Nasr damit, seine Légers und Modiglianis, Corots und Renoirs immer wieder umzuhängen, als wären es Trophäen. Und seine Kunstsammlung war, davon zeigte sich Béa überzeugt, zu einer solch fixen Idee geworden, daß Nasr, wie so viele ihr namentlich bekannte Kunden Jean-Marcs, nicht allzu große Skrupel zeigen würde, was Herkunft und genauen rechtlichen Status eines Originals von Georges de La Tour anging, wenn er seiner nur irgendwie habhaft werden konnte.

Sie hatte recht. Sacha wurde heimlich losgeschickt, um Nasr auf den Zahn zu fühlen. Und wie sie vermutet hatte, mußte er, kaum war ihm ein Foto des Gemäldes vorgelegt worden, dieses unbedingt sofort haben. Alles lief wie geschmiert. Sie erhielten ein Angebot über zehn Millionen Pfund für das Original, wovon ein Zehntel auf ein Nummernkonto in Zürich überwiesen und der Rest bei der Übergabe bezahlt werden sollte.

Übergabe. Hier hatten sie sich, wie viele Anfänger vor ihnen, aus lauter Perfektionismus selbst ein Bein gestellt. Zwar hielten die wachsamen und leicht fremdenfeindlichen Briten an ihren Zollkontrollen fest, die sich jedoch weit lockerer als früher, in den Tagen vor der Europäischen Union, gestalteten. Deshalb wäre es nicht nur einfacher, sondern auch klüger gewesen, hätte Sacha – denn Béa konnte selbst keinen Schritt tun, ohne von Jean-Marc nach dem Ziel, dem Grund und dem Auftraggeber gefragt zu werden – das Flugzeug nach Heathrow genommen und wäre, den zusammengerollten Zylinder von »La Clé de Vair« unter den Arm geklemmt, durch die normalerweise unbeaufsichtigte Zollhalle spaziert. Doch weder handelte es sich beim Gemälde um eine Miniatur, noch war Sacha frei von Verfolgungswahn. Und schließlich kam er selbst auf die Idee, es statt dessen im Rolls zu verstecken, in einem Hohlraum unter dem Rücksitz, und dem Libanesen einfach zu sagen, er solle Jean-Marc zu einer Besprechung nach Kent kommen lassen. Bei der Ankunft würde man das Bild hinter seinem Rücken aus dem Wagen holen, die Besprechung würde völlig reibungslos verlaufen, allerdings, und dies nicht zum erstenmal, zu keinem Ergebnis führen – oder sonst würde Nasr Jean-Marc ersuchen, für ihn irgendein unbedeutendes, preiswertes Gemälde zu erwerben, das tatsächlich auf den Markt gekommen war. Und alles wäre auch wie am Schnürchen gegangen, hätte nicht ein verirrter Blitz in eine Platane eingeschlagen und Guy und Jean-Marc den Weg auf beiden Seiten abgeschnitten.

Als Sacha den Rolls wieder in der Stadt sah, nahm er natürlich an, der Plan sei katastrophal fehlgeschlagen – »und den Rest«, seufzte Béa, »... kennst du ja.«

»Dann war das also Jean-Marc, mit dem du beim Mittagessen telefoniert hast?« fragte ich und vergaß ganz, daß ich ihr diese Frage bereits am Nachmittag gestellt hatte.

»Aber nein«, sagte Béa und gab mir nun eine andere Antwort. »Es war Nasr persönlich. Er rief an, um mich ins Bild zu setzen. Ich fürchtete, du würdest erraten, daß es unmöglich Jean-Marc sein konnte, da ich ihn mit ›vous‹ statt mit ›tu‹ ansprach.«

»Erraten habe ich es schon«, entgegnete ich, »nur wurde es mir nicht bewußt.« (Das also hatte mich den ganzen Tag verfolgt.)

Ich schenkte mir nach. Béa stand zwischen mir und dem Balthus und beobachtete, wie ihre Worte auf mich wirkten. Irgendwo auf der rechten Seite und für uns außer Sicht milderte das knurrend laute Ticktack einer Kaminuhr die Stille.

»Du hast doch nicht vergessen, was du gesagt hast?«

»Gesagt?«

»Daß ich mich immer auf dich verlassen könne.«

»›Falls du je in ernsthaften Schwierigkeiten bist‹, habe ich gesagt.«

»Aber ich bin in Schwierigkeiten, siehst du das denn nicht? Nasr hat Verdacht geschöpft. Ich kann mir nicht vorstellen, daß er uns die Geschichte mit dem Blitz abgekauft hat.«

»Das überrascht mich nicht. Abgesehen davon, daß sie stimmt, klingt sie ja tatsächlich unglaublich.«

Dann ergänzte ich tonlos, ja mechanisch und jedenfalls wenig überzeugend: «Hör zu, Béa, dir und Sacha bleibt nur eines übrig, ihr müßt das Geld zurückgeben, das ihr bereits erhalten habt. Glaub mir, eine andere Lösung gibt es nicht.«

»Du willst mir also nicht helfen?«

»Dir helfen? Ist dir klar, was du da verlangst? Daß ich mich der Beihilfe zu einem Verbrechen schuldig mache.«

Béa kniete sich vor mir auf den Teppich, und ich spürte, wie ihre braungebrannten Hände zitterten, als sie die meinen umfaßten.

»Was sind schon zehn Millionen Pfund für diesen Nasr? Wie gesagt, er ist Milliardär. Nicht Millionär – *Milliardär.*« Sie schüttelte den Kopf. »Und zum Umkehren ist es ohnehin zu spät. Er wird es nicht zulassen, daß wir ihm das Bild nicht verkaufen, jetzt nicht mehr, wo er einmal Witterung aufgenommen hat. Und selbst wenn er dies täte, was sollen Sacha und ich sonst damit anstellen? Vergißt du nicht, daß wir es für schlappe dreißigtausend Francs erworben haben? Wir können da nicht mehr raus.«

»Doch, das könnt ihr. Sacha muß nur eingestehen, bei der Prüfung des Gemäldes zu spät bemerkt zu haben, daß es sich um einen echten La Tour handelt, und ihn dem Ehepaar zurückgeben, dem er ihn abgekauft hat.«

»Eingestehen, daß er einen La Tour nicht hat identifizieren können? Sacha Liebermann, der Historiker, der Kunstkenner? Sein Ruf wäre ruiniert. Und wenn Jean-Marc davon Wind bekäme, und das bekäme er, würde mein Leben zur Hölle.«

Sie kniete sich noch näher zu mir, drang sozusagen in meine

Intimsphäre ein. Ihre Augen waren mir nun so nahe, daß sie mir näher erschienen als die eigenen. Es war so, als habe ihr Körper eine ganze neue Dimension hinzugewonnen, die zu erkunden war; als habe auch mein Körper durch ein harmonisches Zusammentreffen eine ganze Reihe großartiger neuer Sinnesorgane hinzugewonnen, mit denen sich jene Dimension erkunden ließ.

»Hör zu, Guy«, flüsterte sie. »Das ist meine Chance, und es kann auch deine sein. Du kannst ein neues Leben anfangen. Überleg doch mal – zehn Millionen Pfund. Alles, was du je haben wolltest, gehört nun dir.« Sie wiederholte – doch diesmal wiederholte sie sich gar nicht, wie ich mir dunkel auszumalen wagte, sondern machte mir ein vollkommen anderes Versprechen – »Alles.«

»Und du, Béa? Wie steht es mit dir und Sacha?«

»Das ist vorbei, ich schwöre es. Um ganz ehrlich zu sein, war da nie sehr viel. Doch was immer es war, nun ist es vorbei.«

Ich sah in ihr emporgerichtetes Antlitz und wußte in diesem Moment, daß es kein Zurück gab. Ich machte mir das Schweigen zunutze, das ihren letzten Worten nachklang, und zog sie zu mir auf den Diwan, anfangs sanft, dann grob, ja fast rüpelhaft, und stillte unaufhörlich meinen Hunger nach ihr an ihren Augen, ihren Wimpern, jenen langen, feinen, zählbaren Wimpern, die ich am liebsten einzeln gestreichelt hätte. Und langsam, jedoch erstaunlich leicht und unbefangen, erweckte ich den eingerosteten, nie zu vergessenden Rhythmus des Vorspiels zu neuem Leben.

Die Nacht hatte mir zwei dicke Butterschichten auf die geschlossenen Lider geschmiert. Ich vergrub mich so tief ins Kissen, als wäre es eine Wolke, als könnte sich mein Kopf mit seinen butterbedeckten Lidern wohlig bis zur Rückseite, jener noch immer in die Finsternis gebetteten Seite, durchbohren.

Ich drehte mich um. Mitten in dieser Bewegung blinzelte ich jedoch anscheinend kurz, denn ich erblickte einen blauen Lampenschirm, an den ich mich nicht erinnern konnte, und auf der anderen Zimmerseite das gerahmte Bild einer venezianischen Regatta, von Lichtern gesprenkelt, eine Fotografie, vielleicht aber auch ein Canaletto; meine Sicht war noch zu getrübt, als daß ich dies hätte auseinanderhalten können.
Am Morgen haben unsere Sinne gestaffelte Öffnungszeiten. So hörte ich plötzlich durch ein Fenster (und dort lag ja auch, genau wie es sein mußte, das fragliche Fenster, als ich meine Augen abermals einen Spalt öffnete) eine Kakophonie kindlicher Juchz- und Kreischlaute. Nicht deshalb sage ich »plötzlich«, weil sich ein paar Kinder (in einem Park? auf dem Spielplatz eines nahen Kindergartens?) genau diesen Moment ausgesucht hatten, um loszulärmen, sondern vielmehr darum, weil mein Gehör soeben den Rolladen hochgekurbelt hatte und diese Juchz- und Kreischlaute seine ersten ungeduldigen Kunden waren. Ich warf mich noch einmal herum, streckte meine Extremitäten in alle vier Ecken des Bettes und gähnte mit dem ganzen Körper. Dann öffnete ich endgültig die Augen. Schwacher Sonnenschein sickerte durch die Lamellen des olivgrünen Rollos und tropfte ins Schlafzimmer. Ins Schlafzimmer? An der rechten Wand hing ein Spiegel, geformt wie eine gigantische Träne. Darunter stand ein schwarzer Gußeisentisch und auf diesem – neben einer Lampe mit verknotetem Rebenstamm und einem Messingdrahtschirm, der dem Visier eines Kreuzritters glich – eine pompejische Vase mit zwei Kelchen, ohne Blumen. Gleich daneben stand eine polierte Mahagonikommode, auf der sich eine an Picasso gemahnende – und womöglich tatsächlich von Picasso stammende – Skulptur eines knochigen Torsos wie ein großes, zerdrücktes Insekt spreizte. Und an der gegenüberliegenden Wand hing die Fotografie (oder Canalettografie) der venezianischen Regatta.

Niemand lag neben mir im Bett. Eine schwache Vertiefung warf ihre vielsagenden Fältchen auf jener Hälfte des Lakens, wo Béa geschlafen hatte, doch wie meine dreiste Prüfung ergab, fand sich kein intimeres Überbleibsel ihrer Gegenwart. Sie mußte schon länger aufgestanden sein.
Ich trug noch immer meine Armbanduhr. Es war zweiundzwanzig nach acht. Nackt stand ich auf und rieb mir die Butterkleckse aus den Augen. Neben dem Bett lag ein Morgenmantel, den ich in der Nacht schnell übergestreift hatte, um ins Bad zu trotten. Aus lauter Faszination darüber, einen Beleg für Jean-Marcs Geschmack vor mir zu haben, hob ich ihn hoch und betrachtete ihn genauer. Der silbrig-graue Satin war mit dem wiederkehrenden Motiv eines mondän-modischen Paares bedruckt: ein junger Mann in geckenhaftem Aufzug, Lackschuhen, einer weichen schwarzen Seidenfliege und gestärktem Eckenkragen und eine junge Frau in einer hauchdünnen und knöchellangen Kreation mit angesteckten Orchideen. Sie lehnten sich beide über die Reling eines Ozeandampfers der dreißiger Jahre, welcher auch im zweiten, diagonal alternierenden Muster zu sehen war, wie er den stilisierten Sprühregen einer anmutig nach innen gekrümmten Gischt durchschnitt. Ich streifte mir den Mantel über die Schultern, trat ans Fenster, stieß einen Finger zwischen zwei Jalousienstäbe und zog den oberen Stab wie das Augenlid eines Epileptikers hoch. Nichts deutete auf die Schule oder den Park, aus denen das von mir vernommene Juchzen hätte kommen können, doch mir fiel auf, daß es draußen offensichtlich trotz Sonnenschein recht kühl war, denn man konnte in dem noch immer dichten Nebel das Ausatmen der vorbeifahrenden Autos erkennen. Ich bemerkte auch eine flink an der Villa vorbeieilende Frau, die nicht viel älter als ein Schulmädchen war. Ihre wohlgeformten Beine steckten in schwarzen Strümpfen, und sie hatte einen Pferdeschwanz. Sie war unerhört

schlank, nichts als Taille. Anfangs glaubte ich, sie trage Ohrenschützer, bis sich diese als Walkman oder jedenfalls als kompakter kleiner Apparat entpuppten, der Klänge von sich gab, die allein sie hören konnte, als wäre sie Jeanne d'Arc. Vorne in der Einfahrt stand der Rolls.

Ich ließ mir Zeit, mehr Zeit, als ich mir zu Hause gelassen hätte, und wusch mich, putzte mit dem Zeigefinger die Zähne, strich mir das Haar mit Spucke zurück und schlenderte hinunter in den Salon. Keine Béa. Die Vorhänge waren zurückgezogen, doch ansonsten war nicht aufgeräumt worden. Das Zimmer verströmte trotz luftiger Eleganz die schläfrige Stimmung des Morgens danach. Als ich so dastand und mir überlegte, ob ich Béas Namen rufen solle, hörte ich aus einem der angrenzenden Räume, in die ich noch nie gekommen war, ein seltsames Geräusch, ein hektisches Raufen oder Rangeln auf Bodenhöhe. Ich ging durch den Salon, blieb vor der halboffenen Tür stehen und blickte hinein.

Bei dem Zimmer handelte es sich um eine düstere und männlich wirkende Bibliothek, in der es nach Moschus roch. Hier drin hat jemand regelmäßig seine Pfeife geschmaucht, dachte ich. An einer Wand stand eine Metalleiter, deren Tritte allesamt mit Büchern vollgestellt waren, so daß eine zweite, höhere Leiter parallel zur ersten, sozusagen in ihren Fußstapfen, emporzusteigen schien. Weitere Bücher lagen verstreut auf dem Boden, während die Bücherwand Lücken aufwies, die jene Bücher bestimmt einmal gefüllt hatten. In einer Ecke befand sich ein Tischchen mit Schachbrettplatte. In der gegenüberliegenden Ecke stand – als Stütze für ein pechschwarzes Fernsehgerät, das so stark spiegelte wie sein eigener Bildschirm – ein Stapel verstaubter Leinenbände, die jeweils im rechten Winkel zueinander angeordnet waren. Aus meinem Blickwinkel wirkten sie ziemlich echt, obwohl es sich höchstwahrscheinlich um eine aus einem einzigen Holzklotz gehauene bemalte Attrappe handelte. Das unterste Viertel des Regals an der Wand vor mir war nicht nur leer, sondern nach hinten hin offen; auch in diesem Regal standen Buchattrappen. Und in dem offenen Abteil, oder vielmehr in dem Tresor, den dieses, woran ich nicht länger zweifelte, verdeckte (wie es umgekehrt von ihrer knienden Gestalt verdeckt wurde), stöberte Béa. Sie hatte mich nicht hereinkommen hören und warf gelbbraune Umschläge und Mappen über die Schulter nach hinten, aber auch Papierbündel, die mit purpurnen Bändern verschnürt waren. Außerdem lag auf einem sichelförmigen Teppich, der die Kante des Diwans einfaßte wie ein farbenfroher fauvistischer Schatten, ein Album mit Zeichnungen Alter Meister, deren sylphidenhaft feine Schutzblätter spröde und zerrissen waren.

»Wonach suchst du?«

Meine Frage ließ Béa entgeistert in ihrer Geschäftigkeit innehalten, doch sie blieb die Antwort schuldig.

»Béa, nun sag schon, wonach suchst du?«

»Misch dich bitte nicht ein, Guy«, erwiderte sie, ohne den Kopf umzuwenden. »Es hat nichts mit dir zu tun.«

In diesem Moment begriff ich, was abhanden gekommen war, ja sogar, wie es abhanden gekommen war.

»›La Clé de Vair‹, nicht wahr?«

Sie nickte, zog die leere rechte Hand aus der Tiefe der Wand, kauerte sich auf den durchgebogenen nackten Zehen zurück und schlug sich an die Stirn.

»Imbécile que je suis! Imbécile! Imbécile! Imbécile!«

»Sacha?«

Erneut nickte sie.

»Guy, zünd mir bitte eine Zigarette an. Sie liegen auf dem Tisch im Salon.«

Ich kehrte in den Salon zurück, nahm zwei Zigaretten aus der rubinroten Dunhill-Schachtel, zündete beide an und steckte ihr eine zwischen die Finger.

»Als ich ihn heute morgen anrief, knallte er den Hörer auf die Gabel. Ich kenne Sacha ja und hätte mir im Grunde über seine Mätzchen keine Sorgen zu machen brauchen, doch ich tat es trotzdem und sah deshalb im Tresor nach. Er muß das Bild mitgenommen haben, als er gestern abend Hals über Kopf davonlief. Er ist verrückt, total verrückt. Ich weiß nie, was er als nächstes anstellt.«
»Hast du eine Ahnung, wo er hingegangen sein könnte?«
»Er hat an der Küste ein Atelier, auf dem Mont Saint-Michel. Eigentlich wohnt er nicht dort, verstehst du, er zieht sich einfach manchmal dorthin zurück.« Entmutigt ließ sie einen letzten Stoß Blätter auf den Teppich gleiten. »Ich muß hinfahren und versuchen, ihn zur Vernunft zu bringen. Bestimmt wird er auf mich hören – das hoffe ich jedenfalls –, aber ich sollte wirklich keine Zeit verlieren, Sacha ist ja so reizbar, da kann es gut passieren ...«
Sie faßte mich am Handgelenk und schob den mönchisch weiten Ärmel von Jean-Marcs Morgenmantel zurück, um einen Blick auf meine Uhr zu werfen.
»Ich möchte ja nicht unhöflich sein, Guy, aber ich muß mir den Rolls noch einmal borgen, bloß für diese eine Fahrt. Höchstens einen Vormittag lang.«
Ich schüttelte den Kopf.
»Du willst ihn mir nicht geben?«
»Ich komme mit.«
»Das wäre das Dümmste, was wir überhaupt tun könnten. Deine Anwesenheit hat ihn ja erst so weit gebracht. Wenn er uns zusammen sieht ...«
»Ich lasse es nicht zu, daß du allein hingehst. Ich traue Sacha nicht über den Weg, und wenn ich ihm schon nicht trauen kann, dann tue ich es lieber dort, an deiner Seite, als hier alleine. Vergiß nicht, daß sich die Wagenschlüssel noch immer in meiner Tasche befinden. Ob es dir paßt oder nicht, mein

Schatz«, sagte ich und brachte ausnahmsweise jene Nonchalance eines Filmstars zustande, die mir sonst vollkommen fehlt, »wir stecken da zusammen drin.«
»Wenn es so ist«, antwortete sie und verzichtete auf weiteres Argumentieren, »solltest du dich jetzt lieber anziehen und rasieren. Ich möchte in einer Viertelstunde los.«

Ich setzte mich neben Béa hinter das Steuer und fuhr den Rolls behutsam auf die Straße. Es herrschte in beiden Fahrtrichtungen kein Verkehr, und auf den ersten Blick schien auch kein einziger Fußgänger unterwegs zu sein. So unnatürlich ruhig mutete das Viertel an, daß man hätte glauben können, die Häuser neben Béas eigenem seien unbewohnt und stünden ausnahmslos zum Verkauf.
Doch als ich gerade aufs Gaspedal treten wollte, geschah etwas ganz Unerhörtes. Mit einer Unvermitteltheit, die mich abrupt auf die Bremse steigen ließ, trat ein Bursche aus dem Nichts vor das Auto. Und was für ein Bursche! Als erstes fiel mir durch die nicht mehr unbedingt lupenreine Windschutzscheibe sein Haar auf. Es handelte sich um eine Mohikanerfrisur, deren Struwwelpeter-Stacheln mit Pomade zu rasiermesserscharfen Spitzen geschärft worden waren. Zudem war sie buntscheckig und durchlief die gesamte Farbskala von Chromrot über Teerosenrosa bis hin zu paradiesischem Grün. Am merkwürdigsten jedoch berührte mich, daß ihn diese Haartracht aussehen ließ, als hätte er einen glattrasierten Kopf, als könnte man die Stacheln einzeln von seinem Schädel ablösen oder als wären sie künstlich darauf gepflanzt worden. Abgesehen von seinen Brauen, die über die Augen ragten wie zwei kleine, symmetrische Grate auf einer Klippe, wirkte sein Gesicht eher konkav als konvex, so als zöge er ganz bewußt sein Antlitz ein, wie ja auch ein fettleibiger Badender seinen Wanst so lange einzieht, bis er ihn, nachdem er über den Strand getänzelt ist,

ins Meer tauchen kann. Als er sich nun dem Wagen näherte, erkannte ich, daß er im rechten Ohr eine Sicherheitsnadel trug, daß seine schwarze Lederkleidung mit weiteren Nadeln geschmückt war und um seinen Hals eine Kette aus Rasierklingen hing. Schließlich blieb er, die Hände in die Hüften gestemmt, breitbeinig vor uns stehen.
Verdattert ließ ich die Scheibe runter und wollte den Kopf hinausstrecken, wurde jedoch von einem zweiten Mann daran gehindert, der wie der erste aus dem Nichts getreten war und sich nun praktisch am Rolls anlehnte. Er hätte seinem Gefährten gar nicht unähnlicher sein können. Wie ich ihn sah, schräg von unten, wirkte er sehr groß. Doch für einen so großen Mann war er auch ungewöhnlich beleibt. Unter seinem aufgeknöpften schwarzen Mantel trug er einen taubengrauen Anzug samt Weste sowie eine Krawatte mit unregelmäßigem und das Auge irritierendem Schwarzweißmuster. Sein cremefarben ergrautes Haar lichtete sich, und was davon übriggeblieben war, hatte er sich so über die Ohren geschwungen, daß der Eindruck einer Perücke aus dem achtzehnten Jahrhundert entstand, ein Eindruck, den man unweigerlich als beabsichtigt empfand. Und er lächelte auch – das heißt, ein Lächeln lag auf seinen Lippen, was ja nicht unbedingt dasselbe ist.
»Guten Morgen«, sagte er nahezu ehrerbietig. »Mein Name ist Rieti, Mr. Rieti. Wollen wir uns nicht neu plazieren?«
Bestürzt starrten Béa und ich uns an.
Rieti steckte den Kopf durch das Fenster und kam mir dabei so nahe, daß ich seinen Atem riechen konnte.
»Sorgen Sie sich nicht, Madame Cheret. Wir werden Sie schon nicht sitzenlassen. Wir wollen Sie beide ein Stück weit mitnehmen.«
»Mitnehmen?« fragte Béa.
»Mitnehmen, durchaus. Ich habe nämlich das bestimmte Ge-

fühl, daß wir alle in dieselbe Richtung müssen. Welche Richtung das sein wird, entzieht sich freilich noch meiner Kenntnis, doch ich hoffe dies in nützlicher Frist in Erfahrung zu bringen. Wollen wir es uns nicht für die Fahrt bequem machen?«

»Hören Sie mal«, begann ich, »ich weiß nicht, wer …«

»Natürlich nicht, wie sollten Sie auch? Aber Sie werden es schon noch erfahren – meine Güte, ja, das werden Sie.«

Dem Burschen, der immer noch den Weg versperrte, rief er zu: »Junior!«

Als dieser nun mit schiefem Cowboygang zum Auto schlurfte, flüsterte Rieti uns beiden kichernd zu: »Ich nenne sie alle Junior. Aber ist er nicht famos! Der Haarputz des letzten Mohikaners – so ist mein Junior.« Und sein Leib wurde von einem dröhnenden Lachen geschüttelt, das in seiner Weste alles durcheinanderzuwerfen schien.

Rieti und Junior standen nun auf beiden Seiten des Wagens. Hätte ich den Motor in diesem Moment angelassen, wären wir vielleicht davongekommen. Doch der sonderbare Auftritt dieses Komikerduos hypnotisierte mich, und zwar auch dann noch, als Rieti die eine Tür öffnete und Junior gleichzeitig die andere.

»Nun denn, mein Herr«, sprach mich Rieti an, »wir begleiten Sie, ob es Ihnen gefällt oder nicht, also sparen Sie sich bitte alle läppischen Heldentaten. Lieber Freund, wenn Sie jetzt ganz diskret mit mir auf dem Rücksitz Platz nehmen würden, kann sich Junior ans Steuer setzen. Und Sie, Madame Cheret, bleiben einfach, wo Sie sind. Ich wiederhole, bitte keine Handgreiflichkeiten. Mein Junior« – dieser Einwurf war allein für mich bestimmt – »bricht Ihnen im Handumdrehen das Genick, als wär's eine Salzstange. Und obschon ich selbst kein Killer bin, da sei Gott vor, trage ich einen knarrenden, aber immer noch höchst funktionstüchtigen Revolver bei mir« – er klopfte auf seine linke Manteltasche, welche unverkennbar von einem soliden Gegenstand ausgebuchtet wurde –, »und ich würde mit dem allergrößten Vergnügen auf gut Glück einen Schuß abgeben, sagen wir zuerst auf einen kleinen Finger oder einen hübschen dicken Daumen. Schön, können wir jetzt alle unsere Plätze einnehmen?«

Ich warf einen Blick in Béas Richtung, die mir hastig zunickte, als wollte sie sagen: »Tu, was er verlangt.«

Als ich beim Aussteigen aus dem Rolls vorübergehend Tuchfühlung mit Rieti hatte, nutzte ich die erzwungene körperliche Nähe, um ihn mir genauer anzusehen. Sein Gesicht war knollig, aber keineswegs ausdruckslos. Es gebot über echte, wenn auch fleischige Kraft, über echte Individualität. Es ähnelte jenen Gesichtern, denen man in einer Porträtgalerie der versteinerten humanistischen Leuchten des 20. Jahrhunderts begegnen mag, Shaw, Mann, Wells, Ortega y Gasset, Sibelius, mit einer perversen Prise des Spiritisten Aleister Crowley – genau so war es, niemandem glich Rieti stärker als einem unehelichen, unnatürlichen Abkömmling von Sibelius und Crowley.

Unsere Blicke trafen sich. Er lächelte verkniffen, als schäme er sich seiner Zähne. Und nachdem ich auf den Rücksitz gerutscht war, stieg er auf der anderen Seite ein und warf die Tür zu. Inzwischen hatte Junior meinen Platz neben Béa eingenommen und befingerte vergnügt den gerippten schwarzen Gummi des Lenkrads.

Ein paar Sekunden lang saßen wir alle stumm im stillstehenden Rolls, bis Rieti mit einem Blick aus dem Fenster das Wort ergriff.

»Madame Cheret, ich erwarte Anweisungen von Ihnen. Seien Sie so gut und spannen Sie uns nicht länger auf die Folter. Wohin soll's denn gehen?«

»Wer sind Sie?« fragte Béa, die sich endlich nach ihm umwandte.

»Die Frage ist berechtigt, gute Frau«, sagte er glucksend und senkte höflich das Haupt. »Ich heiße, wie Sie bereits wissen, Rieti, und stehe im Dienst eines gewissen Mr. Nasr – ach, ich darf feststellen, daß dieser Name Ihnen beiden etwas sagt. Nun gut, Mr. Nasr war – wie soll ich mich nur ausdrücken? – war nicht ganz glücklich über diese Geschichte mit dem Baum, in den der Blitz einschlug. Isoliert betrachtet eine fraglos hinreißende Geschichte, wenn auch leider nicht ganz, nein, wirklich nicht ganz plausibel. Um so mehr, als Mr. Lantern, der Wildfremde, der vollkommen Unbeteiligte, seit jener pittoresken Episode offenbar sehr viel Zeit in Ihrer Gesellschaft verbracht hat.«

Béa wollte ihn unterbrechen, doch Rieti hob abwehrend den Arm, bevor sie den Mund öffnen konnte.

»Verstehen Sie mich richtig«, sagte er. »Ich weile schon seit dem ersten Tag dieser Operation in Saint-Malo. Alles, was Sie beide taten – in der Öffentlichkeit taten –, geschah mit meinem Wissen. Eine ziemlich schäbige Vorsichtsmaßnahme Mr. Nasrs, mögen Sie einwenden, aber er ist eben äußerst erpicht darauf, das Bild in seinen Besitz zu bringen, und ich muß Sie wohl auch nicht daran erinnern, daß er bereits eine erkleckliche Summe in dieses Projekt investiert hat. Im übrigen stelle ich fest, daß meine Anspielung auf die Existenz eines Bildes unseren Freund Lantern nicht, wie man hätte vermuten können, verdutzt hat, woraus ich nur schließen kann, daß mich mein Instinkt nicht getrogen hat und er durchaus darüber unterrichtet ist, was auf dem Spiel steht. Aber wo war ich noch gleich? Richtig. Obwohl die fragliche Geschichte nun unabhängig voneinander durch Sie, Madame Cheret, wie durch Ihren Gatten bezeugt wurde, vermochte Mr. Nasr den Verdacht nicht ganz loszuwerden, daß nicht alles im Lot sei, weshalb er schließlich mich und natürlich auch Junior anwies, im weiteren Verlauf eine etwas aktivere Rolle zu spielen.

Jawohl, Madame, so sieht es aus. Der Vorschuß, den Sie erhalten haben, ist nicht gefährdet, doch aufgrund meiner Rückmeldungen kam Mr. Nasr zum Schluß – und wer wollte ihm das verdenken? –, daß Ihnen selbst leider nicht mehr zu trauen ist. Das Gemälde ist offenbar nicht mehr in der Villa Lazarus. Und Sie werden mir also sagen, wo es zu finden ist, damit ich dessen Transport nach England veranlassen kann.«

Béa nahm aus ihrer Handtasche eine Zigarette, die sie, bevor sie sie anzündete, drei- oder viermal nervös gegen die Schachtel schlug, was ich sie – obwohl es auf merkwürdige Weise zu ihr paßte – noch nie hatte tun sehen, auch wenn ich weiß Gott oft genug Zeuge gewesen war, wie sie sich eine Zigarette angezündet hatte. Da ich wahrzunehmen glaubte, sie spiele auf Zeit, beschloß ich, als erster zu antworten.

»Die pittoreske kleine Episode, wie Sie sie bezeichnen, ist wahr. Ich gebe Ihnen mein Ehrenwort.«

»Ach, mein Guter, mit Verlaub …« murmelte Rieti. »Ehrenworte, Ehrenworte – ich werde mich doch nicht auf ein Ehrenwort verlassen.«

»Ich versichere Ihnen, Ihr Verdacht ist völlig grundlos. Wir sind beide unschuldig.«

»Unschuldig, sagen Sie, unschuldig? Ist Ihnen denn nicht klar, Lantern, daß man in meinem Berufsstand genau den Unschuldigen nicht trauen kann? Gaunern traue ich. Ganoven verstehe ich. Sie haben ihr Spezialgebiet, auf das sie sich, Gott segne sie dafür, zuverlässig beschränken. Betrüger erpressen nicht. Brandstifter hinterziehen keine Steuern. Serienmörder überfallen keine Tabakläden. Aber die Unschuldigen, o weh. Sie sind per definitionem zu allem fähig, und wir wissen nie, wozu genau sie fähig sind, bis es zu spät ist. Lieber Gott, bewahre mich vor den Unschuldigen« – hier legte Rieti die Fingerspitzen aufeinander, als flehe er tatsächlich den Allmächtigen an. »Es gibt – jawohl, dafür lege ich die Hand ins Feuer –

eine Art, zugegeben eine extrem gefährdete Art, aber trotzdem eine Art von Ehrgefühl unter den Dieben. Bei euch unbescholtenen Bürgern dagegen muß ich das Ehrgefühl erst noch finden.«

Schweigen folgte dieser Tirade. Weder Béa noch mir fiel eine Antwort ein. Schließlich hörte ich aber doch, wie sie mit einem sanften Lächeln auf der gekräuselten Unterlippe unvermittelt sagte: »Hand aufs Herz, Rieti, üben Sie das vor dem Spiegel – ich meine dieses pompöse Getue?«

Rieti starrte sie an, und selbst Junior stellte sein infantiles Herumfummeln am Armaturenbrett ein und wandte den Kopf, um die Entgegnung seines Herrn zu hören.

Doch zu meiner Überraschung lösten sich dessen Gesichtszüge fast augenblicklich, und dem winzigen strengen Mund entfuhr abermals jenes gongartige Lachen.

»Bei Gott, Madame, Sie sind eine bemerkenswerte Frau, fürwahr! Wirklich bemerkenswert! Wären wir uns doch nur unter erbaulicheren Umständen begegnet!« Er seufzte. »Aber, ach, wir vergeuden unsere Zeit, wenigstens meine, wenn schon nicht Ihre. Ich wiederhole: Wo ist ›La Clé de Vair‹? Sollte sich das Bild in der Villa befinden, woran ich ernstliche Zweifel habe, dann übergeben Sie es mir jetzt, und schon in zwei Wochen sind Sie reicher, als Sie es sich je erträumt haben. Falls nicht, wollen wir uns jetzt sofort an den Ort begeben, wo es sich befindet.«

Béa rauchte seelenruhig weiter und benutzte ihre Zigarette, wie sie ihre Zigaretten, so erkannte ich nun, von jeher benutzt hatte, nämlich als Requisit für eine zwar abgedroschene, aber durch lange Gewohnheit legitimierte Geste, die ihre Hand beruhigte und ihr Zeit gab, die nächste Dialogstelle vorzubereiten. Hier allerdings schien sie mit ihrer Schauspielerei viel zu riskieren, denn ich konnte nicht nur sehen, sondern regelrecht fühlen, wie Rieti allmählich die Geduld verlor ange-

sichts der allzu durchschaubaren Finte, der allzu augenfälligen Falschheit. Ich fühlte, wie sich seine knochenlose Leibesfülle neben mir auf dem Rücksitz versteifte.
»Madame, Sie lassen mich warten«, sagte er.
Was Béa schließlich erzählte, entsprach bloß der halben Wahrheit. Als erstes sagte sie – »verzeihen Sie, aber ich muß mich hier einfach wiederholen« –, auf der Straße nach Saint-Malo sei es effektiv zum Tausch der beiden Wagen gekommen. Der La Tour befinde sich, wie Rieti zu Recht vermute, nicht mehr im Wandtresor der Villa. Da sie beide der Meinung gewesen seien, das Bild wäre in seinem Atelier sicherer aufgehoben, sei es nun in der Obhut von Jean-Marcs Geschäftspartner Alexandre Liebermann, der Rieti bestimmt als der größte lebende Experte für Georges de La Tours Werk bekannt sei. Und sie habe an diesem Morgen gemeinsam mit mir – »Ach, ›Guy‹ war doch der werte Name, nicht wahr? Es wird immer schöner!« warf Rieti ein – beschlossen, es zurückzuholen.
Erst herrschte Schweigen, dann zuckte Rieti die Achseln.
»Gut, gut. Oh, ich sage nicht, daß ich Ihrer Geschichte Glauben schenke – warum sollte ich auch? –, aber ich will mich ihr gerne anschließen, und sei es nur schon deshalb, weil sie uns auf den aktuellen Stand bringt, und wohlverstanden unter der Bedingung, daß sich die nächste Etappe als nicht weniger zufriedenstellend erweist. Wo hat denn dieser Herr Liebermann sein Atelier?«
»Ach, sehen Sie«, sagte Béa, »genau da liegt das Problem.«
»Das Problem. Ja, das dachte ich mir schon beinahe.«
Aus dem Armaturenbrett zog Béa ruckartig einen kleinen schwarzen Aschenbecher, rammte ihren Zigarettenstummel in das Häuflein Asche und stieß das Schubfach energisch wieder zu.
»Das Problem ist Sacha.«
»Sacha? Wer ist denn Sacha?«

»Alexandre. Es war Sacha, der das Gemälde entdeckt hat, doch seither hat er gewisse Vorbehalte gegen den Plan. Er ist nun mal ein grundanständiger Mensch und hat sogar schon davon gesprochen, das Bild der Polizei zu übergeben und sich zu stellen. Aber *ich* kann ihm das bestimmt ausreden. Offen gesagt ist er in mich verliebt.«

»Aber natürlich. Er ist schließlich ein Mann.«

»Doch wenn ich nun mit Ihnen und ...« – sie stockte, als sei der Name allzu weit hergeholt, um laut ausgesprochen zu werden – »mit Ihnen und Junior bei ihm auftauche, könnte er noch ganz den Kopf verlieren. Ich glaube wirklich, es wäre für alle das beste, wenn nur Guy und ich hinfahren würden.«

Rieti musterte sie fast wie ein Gemälde in einer Galerie. Er atmete theatralisch, und ich rechnete schon damit, daß er gleich ein Gähnen unterdrücken würde, doch so plump war er auch wieder nicht. Als er sprach, dehnte er allerdings die Silben noch affektierter. Doch mir entging nicht, daß sein dröhnendes Lachen nun unterblieb.

»Soso. Sie haben den La Tour also angeblich – und wohlgemerkt zur sicheren Verwahrung – einem Menschen anvertraut, der laut Ihrer Aussage ›grundanständig‹ sein soll, einem Menschen, der sogar davon spricht, ›sich der Polizei zu stellen‹. Das ist unter Ihrer Würde, Madame. Phantasie, von der Sie zweifelsohne ein gerüttelt Maß besitzen, ist nichts, wenn es am rechten Verständnis für die Bedürfnisse und Ziele der Mitmenschen gebricht. Zu diesen Bedürfnissen gehört es, daß die eigene Intelligenz nicht beleidigt wird. Ich behaupte nicht, daß ich das Spielchen durchschaue, das Sie mit meinen momentanen Bedürfnissen und Zielen treiben, und mir ist es auch gleichgültig, wenn ich es nie durchschauen sollte. Das eingesetzte Kapital ist nicht meines, und um ganz freimütig zu sein – und ich schätze Menschen, die unter allen Umständen freimütig sind –, kümmert mich persönlich Georges de La

Tour einen feuchten Kehricht. Aber ich habe Ihnen eine vernünftige Frage gestellt, und Ihre Antwort hat mich gekränkt. Ich bin gekränkt, weil man mich wie einen Schwachkopf behandelt hat.«
»Ich halte Sie nun wirklich nicht für einen Schwachkopf.«
»Nein? Dann wollen wir uns jetzt weitere Possen ersparen. Ich wiederhole: Wo ist ›La Clé de Vair‹?«
»Aus dem bereits erwähnten Grund kann ich Ihnen nicht …«
Was immer sie noch sagen wollte, es blieb unausgesprochen. Ohne Hast oder Hektik zog Rieti den Revolver aus seiner Manteltasche und beugte sich vor. Er packte die diskret ausgeschnittene Nackenpartie von Béas Bluse und fuhr mit dem Lauf so weit an ihrem nackten Rücken hinunter, daß einzig die um die Waffe geklammerte Faust sichtbar blieb. Vom kalten Metall auf der bloßen Haut gekitzelt, versteifte sich Béas Rücken, und unversehens zeichneten sich ihre Schulterblätter unter dem hauchdünnen Schleier der Bluse deutlich ab. Ich wollte einschreiten, doch ohne mich anzusehen, sagte Rieti: »Bleiben Sie, wo Sie sind, Lantern. Sonst drücke ich ganz bestimmt ab.«
Ich mußte ihn gewähren lassen. So präzise war der kleine Überraschungscoup ins Werk gesetzt worden, daß Junior erst bei Rietis Drohung den Kopf wandte, um mitzubekommen, was sich im Rest des Wagens abspielte.
Nun beugte sich Rieti noch weiter vor und schob mit einer gräßlich gezierten Geste Béas tropfenförmigen Ohrring beisei te – als könnte dieser sie hindern, klar zu verstehen, was er als nächstes zu sagen hatte – und flüsterte ihr ins Ohr.
»Hören Sie zu, gute Frau. Ich habe Ihnen zweimal eine simple Frage gestellt und bin zweimal auf Ablehnung gestoßen. Ich bin ein geduldiger Mensch – im Unterschied zu vielen meiner Berufskollegen, sollte ich vielleicht beifügen. Ich frage Sie also zum dritten- und letztenmal. Doch falls Sie mich nochmals hinhalten sollten, drücke ich ab, das schwöre

ich. Ich kann unmöglich sagen, wohin die Kugel genau gehen wird. Vielleicht schlitzt sie Ihr zartes Rückgrat auf. Vielleicht bleibt sie auch in der Spalte Ihrer gewiß nicht weniger zarten Hinterbacken stecken. Vielleicht verfehlt sie Ihren Körper auch ganz. Dieses Risiko gehe ich ein. Dieses Risiko müssen aber auch *Sie* eingehen, falls Sie mir weiterhin die Antwort verweigern.«

»Béa, bitte!« rief ich. »Mein Gott …«

»Mont Saint-Michel«, sagte Béa.

»Mont Saint-Michel?« Ohne seinen Revolver zurückzuziehen, ließ Rieti diesen neuen Faktor der Gleichung in seinem Kopf herumkreisen wie ein Weinliebhaber, der selbstgefällig einen erstklassigen Burgunder auf der Zunge rollt. »Mont Saint-Michel. Wie amüsant. Und wo auf dem Mont Saint-Michel?«

»Wo?«

»Welche Straße? Welche Straßennummer?«

»Ganz ehrlich, das weiß ich nicht. Gibt es auf dem Mont Saint-Michel Straßennummern?«

»Ich warne Sie, Madame, hören Sie auf, mich zum Narren zu halten«, sagte Rieti stirnrunzelnd. »Ich schramme jetzt den Span« – er korrigierte sich betont umständlich – »ich *spanne* jetzt den *Hahn* – verzeihen Sie den Versprecher, den dummen Versprecher – das war nicht Absicht, ganz ehrlich.« Trotz dieses nicht sehr passenden Aufkommens von Jovialität spannte er tatsächlich den Hahn. Ich hörte unter dem hauchzarten Gewebe von Béas Bluse ein Klicken.

»So warten Sie doch«, versetzte sie hastig. »Ich weiß den Namen der Straße wirklich nicht. Genausowenig wie die Hausnummer. Aber ich weiß, wo Sachas Atelier liegt. Ich werde das Haus erkennen, sobald ich dort bin. Glauben Sie mir, ich sage die Wahrheit.« Und sie wiederholte: »Glauben Sie mir.«

Rieti schwieg ungefähr zehn Sekunden lang. Schließlich zog

er die Waffe mit übertriebener Bedächtigkeit, die ich, vielleicht allzu großzügig, eher als Vorsicht und weniger als Grausamkeit interpretierte, aus Béas Bluse und steckte sie in die Manteltasche zurück.

»Na schön, Madame«, sagte er, »ich sollte Ihnen wohl glauben. Oder sagen wir's anders: Ich habe beschlossen, Ihnen einstweilen zu glauben. Also gut, Mont Saint-Michel.«

Er ließ sich wohlig zurücksinken und wiederholte: »Mont Saint-Michel. Wie unerwartet ausgefallen. Und vielleicht«, fügte er zögernd hinzu, »vielleicht gehen wir vier ja, wenn wir dieses unnötig schmutzige Geschäft erst einmal zur allseitigen Zufriedenheit über die Bühne gebracht haben, in die Mère Poularde essen. Ich habe mir sagen lassen, es sei *das* Restaurant auf dem Mont Saint-Michel. Sir Winston Churchill soll schon dort diniert haben, und die Pompidous – oder heißt es ›Pompidoux‹ mit einem *x*? Na, egal.«

Er rieb sich die großen, pfannkuchenförmigen Hände. »Also«, sagte er überschwenglich, »wo unser *mauvais quart d'heure* vorüber ist, wollen wir es uns bequem machen und den kleinen Ausflug ein bißchen genießen, der vor uns liegt. Was hat wohl *notre cher* Proust dazu zu sagen?«

Aus der revolverfreien zweiten Manteltasche, die sich kaum weniger wölbte als ihr Gegenstück, förderte er ein zerfleddertes und sich an den Rändern hochbiegendes Taschenbuch zutage, wie sich herausstellte *Sodom und Gomorrha*, der vierte Band von Prousts *A la recherche du temps perdu*. Zu meiner Verblüffung schlug er das Buch aufs Geratewohl auf, ließ den Blick ein paar Sekunden über eine Doppelseite schweifen und begann dann vorzulesen: »›*Wenn ein Vorgang, der mir seit langem so gleichgültig geworden war, nämlich der, als Gast in fremden Häusern zu speisen, mich im Gegenteil unter der ihn völlig erneuernden Form einer Küstenfahrt, gefolgt von einem Anstieg mit dem Wagen bis zu zweihundert Meter über dem Meer, in eine*

Art von Rausch versetzt hatte, so war dieser auch in La Raspelière noch nicht wieder verflogen.‹«
Schweigen. Schließlich klappte er den Band ehrfürchtig zu, als hätte er ausdrücken wollen: »Was *kann* ich sagen?« Selbst wenn einer von uns das Bedürfnis gehabt hätte, sich zu äußern, wäre ihm das verwehrt worden, denn in Rietis Verzükkung schwang auch eine despotische Nuance mit, die uns zu bedeuten schien: »Nein, nein, sprecht nicht, noch nicht, löst nicht den Zauber, dessen Zeugen wir gerade wurden.«
Schließlich löste er den Zauber selber.
»Wie treffend, wie ehrfurchtgebietend treffend! Ach, aber so ist Proust nun einmal. Dieser Roman«, sagte er und klopfte mit dem Zeigefinger auf den verbogenen Umschlag, »ist nicht einfach ein literarisches Meisterwerk unter anderen, er ist die *ganze* Literatur. Lesen Sie Proust und Sie brauchen nie mehr etwas anderes zu lesen. In den letzten siebenundzwanzig Jahren habe ich nie das Bedürfnis verspürt, ein anderes Buch aufzuschlagen. Ich fange an mit *Unterwegs zu Swann,* und wenn ich das Ende der *Wiedergefundenen Zeit* erreiche, na, dann beginne ich eben wieder von vorne. Und sollte ich je in Kalamitäten geraten – oder sollten sich, wie Gott sei Dank eben jetzt, die Wolken dieser Kalamitäten wieder verzogen haben –, klappe ich den Band auf, an dem ich gerade bin, und noch jedesmal, *jedesmal,* habe ich dabei einen Satz gefunden, der den vorliegenden Fall aufs vortrefflichste umschrieben hat. Mit einem Wort, Proust ist meine Bibel.«
Es war nicht zu fassen. Ich steckte also hier in Saint-Malo – in einem Rolls-Royce, der nicht mir gehörte –, als Gefangener eines grotesken Gangsters und seines punkigen Komplizen, dessen Haar vom Schädel abstrahlte wie ein goldener Sonnenradspiegel, der auf einem Kaminsims steht. Und nun quasselte mich besagter Gangster also mit Proust voll. Das war ein Witz, ein entsetzlicher Witz.

Rieti dagegen sprudelte bereits wieder vor Ausgelassenheit. »Verabschieden wir uns also endlich von dieser unsäglich tristen Kleinstadt. Madame Cheret, bitte geben Sie Junior die nötigen Anweisungen für die Fahrt. Wenn ich mich recht erinnere, liegt der Mont Saint-Michel bloß etwa eine Autostunde entfernt an der Küstenstraße – *›einer Küstenfahrt, gefolgt von einem Anstieg mit dem Wagen bis zu zweihundert Meter über dem Meer‹* – ehrfurchtgebietend, schlicht ehrfurchtgebietend! – und die dringlichste Frage, die sich uns jetzt stellt, ist natürlich: Wie gelangt man auf jene Straße? Ich überlasse das Ihnen.«
Mit diesen Worten zog er eine fette Zigarre aus einer Innentasche seines Mantels. Er wickelte sie aus, biß rabiat die Spitze ab und spuckte den widerwärtigen kleinen Batzen aus dem halboffenen Fenster. Dann steckte er sich die Zigarre an, zog daran und stieß die Luft langsam wieder aus, und gebannt sah ich zu, wie ein makelloser Rauchring einen Moment lang im hinteren Wagenteil unter der tiefen Decke schwebte, genau in der Mitte zwischen uns beiden, wie ein Heiligenschein ohne Heiligen, bis er sich vor unseren Augen auflöste.

Eine Viertelstunde später waren wir Saint-Malo entronnen und befanden uns endlich auf der Straße, die Béa und ich bereits in der vergangenen Nacht genommen hatten. Unter uns hob und senkte sich das Meer, und jede der sich folgenden Falten auf der bewegten Oberfläche wurde in Küstennähe von einer rollenden Gischtwalze ausgebügelt, die sich anschließend am Strand zersetzte und über den Sand einen Bogen triefender Nässe breitete, der an das Weiß eines Spiegeleis erinnerte, das in einer Bratpfanne brutzelt. Hoch über uns erstreckte sich Weideland, das der Wind peitschte und dessen Monotonie nur vereinzelt von einem Bauernhaus durchbrochen wurde – oder gelegentlich auch von einem böse kläffenden Hund, der sich gegen das Tor des Bauernhauses warf, an dem wir gerade vorüberfuhren. Die Sonne war verschwunden. Kalt und unheilvoll schwebten tiefe Wolken und verfinsterten die Windschutzscheibe des Rolls', und ich konnte sehen, daß draußen ein salziger Wind blies. Ich erhaschte am Horizont sogar einen klatschnassen Regenbogen, dessen Farben wässerig zu verlaufen begannen.

Der vor mir am Lenkrad sitzende Junior schwieg. Abgesehen von einem gelegentlichen kehligen »Wrummm, wrummm!« beim Überholen eines anderen Wagens (als würde der Rolls erschütternd große Distanzen zurücklegen und nicht in ganz normalem und keine Vorschriften verletzendem Tempo die nordwestliche Küste Frankreichs entlangfahren) hatte ich den Klang seiner Stimme noch nicht vernommen. Hingegen bemerkte ich, daß er Béa hin und wieder einen lasziven Blick zuwarf und dann auf dem Sitz herumrutschte, um seine ganze intime Habe in eine möglichst bequeme Position zu bringen. Béa drückte derweil Zigarette um Zigarette im Aschenbecher des Armaturenbrettes aus und hielt jede so lange unten, bis noch das letzte Rauchwölkchen, der letzte Schnaufer daraus erloschen war, wie jemand, der in einem Bach ein Kätzchen ertränkt.

All dem könnte man nun entnehmen, wir seien schweigend herumkutschiert. Durchaus nicht. Unermüdlich setzte der Schwadroneur Rieti sein leutseliges Geplauder fort – über Béas Irrglauben, ihm die Wahrheit verheimlichen zu können, über die Geschichte von dem Baum, in den der Blitz eingeschlagen hatte (»Wunderbar, wunderbar, ich hatte meine helle Freude, als ich sie hörte«), darüber, was passieren würde, sollten uns noch weitere Fehleinschätzungen unterlaufen, und über alles andere, was ihm gerade durch den Kopf rauschte. Und dann war da natürlich auch Proust. Wir erfuhren beispielsweise, daß Rieti tatsächlich in Nasrs Herrenhaus in Kent wohnte; und als er sich über die Wonnen des Landlebens im Vergleich zum

Stadtleben zu verbreiten begann, brach es aus ihm: »Ach, aber ich weiß ja, daß es der göttliche Marcel so viel besser ausdrücken könnte als ich. Sehen wir doch mal nach.« Und nun zog er *Sodom und Gomorrha* hervor, öffnete das Buch auf einer x-beliebigen Seite, so schien es jedenfalls, und las vor: »›*Dann folgten auf die Strahlen der Sonne plötzlich Regenstreifen; sie schraffierten den ganzen Horizont und woben die Reihe der Apfelbäume in ihr graues Netzwerk ein*‹. Exquisit, schlicht exquisit«, seufzte er und leckte sich die Lippen, als hätte er gerade einen Pfirsich oder Apfel von einem der Proustschen Bäume gegessen, und sinnierte schweigend über die Sinnfälligkeit jenes Satzes. Zehn Minuten später, als wir an einer Gruppe schwermütiger Schneeziegen vorbeikamen, die auf verschiedenen Stufen des Abhangs standen wie der Chor in einer altmodischen Opernaufführung (zugegeben, dies war Rietis Vergleich, nicht meiner), wurde abermals Proust gezückt, willkürlich aufgeschlagen und mit bombastischem Pathos rezitiert: »›*Das Gespann des Schlafs zieht wie das der Sonne in so gleichmäßigem Schritt dahin, in einer Atmosphäre, in der kein Widerstand es mehr aufzuhalten vermag, daß es eines kleinen von außen kommenden meteorischen Steinchens bedarf (welcher Unbekannte schleudert es wohl aus dem Azur herab?)*‹ – ›*welcher Unbekannte schleudert es wohl aus dem Azur herab?*‹« wiederholte Rieti und schüttelte den schweren Kopf, als könne er die Angemessenheit und Anmut des Bildes gar nicht fassen –, »›*um den regelmäßigen Schlaf zu treffen (der sonst keinen Grund hätte innezuhalten und im gleichen Zug bis in alle Ewigkeit andauern würde), ihn in einer jähen Kurve unter Auslassung aller Zwischenetappen zur Wirklichkeit zurückzuführen, durch dem Leben schon nahe gelegene Regionen hindurch*‹ – ›*durch dem Leben schon nahe gelegene Regionen hindurch*‹, bei Gott, Sir, er ist unglaublich! › – *in denen der Schläfer bald die noch ziemlich wirren, aber bereits wahrnehmbaren, wenn auch entstellten Geräusche des Lebens hören kann –, und ihn mit unerhörter Plötzlichkeit beim Erwachen landen zu lassen.‹«*

»Ich frage Sie, Lantern«, sprach er mich nach langem Nachdenken an, »kann man es besser formulieren? Einmal angenommen, Sie wollten genau dies sagen, kann man es besser sagen? Nie und nimmer!«

»Aber wo bleibt die Relevanz?« wagte ich mich vor. »Ich kann die Relevanz nicht erkennen.«

Rieti schnaubte. »Mein lieber Lantern – Sie sind doch Schriftsteller!«

»Wohl leider kein solcher Schriftsteller«, erwiderte ich.

Ich vergeudete nur meine Zeit. Mit feuchten Augen fuhr er fort: »*Auf der Suche nach der verlorenen Zeit* ist ein heiliger Text, und genau so muß er auch gelesen werden – nicht so, wie man ein Buch liest, sondern so, wie man die Welt lesen würde. Vielleicht entgeht Ihnen im Moment die Relevanz, aber auf Ehre, eines Tages wird sie Sie plötzlich treffen wie – ah, wie ein Blitz!« – und erneut konnte ich mich des Eindrucks nicht erwehren, in seiner Weste befänden sich alle möglichen Dinge – Bratpfannen, Taschenuhren, Kompasse, Wärmflaschen und weiß Gott was alles –, die mächtig durcheinandergeworfen wurden, sobald er sich vor Lachen schüttelte – »und dann werden Sie begreifen, daß Proust nichts für den hastigen, den zwinkernden, den gleichgültigen Blick ist.«

Er verstummte, lehnte sich wohlig zurück und schloß sogar die Augen, weil er so vermutlich besser der Unermeßlichkeit dieser Proustschen Mysterien nachsinnen konnte. Das Taschenbuch von *Sodom und Gomorrha* lag aufgeschlagen in seinem Schoß, die Seiten nach unten gekehrt, wie ein riesiger Zirkumflex. Juniors Stacheln versperrten mir den Blick auf die Straße. An meinem Schenkel konnte ich die einschüchternde Festigkeit des Revolvers in Rietis Manteltasche fühlen.

Und genau in diesem Moment wurde mir klar, daß ich, wollte ich zur Verbesserung unserer Lage etwas beitragen, unverzüglich handeln mußte. Ich war ein durchschnittlich tapferer, aber auch durchschnittlich feiger Mensch, der bisher nur im Kino der Vorstellung begegnet war, eine einzige impulsive Tat könne über ein menschliches Schicksal entscheiden – und selbst dort waren dies nie meine Lieblingsfilme gewesen. Doch weil der Augenblick, den ich gerade durchlebte, tatsächlich die Szene eines Filmes wachrief, den ich einst gesehen hatte – war's ein Hitchcock? –, sagte ich mir, daß ich das Heft in der Hand hätte, wenn ich nur danach griff.

Sacht zog ich die linke Hand – die rechte wagte ich nicht zu benutzen – aus der schmalen Spalte zwischen meiner Hüfte und der Tür des Rolls' und ließ sie über die Knie gleiten. Langsam, ganz langsam, faßte ich neben mir die breite Wollklappe der Manteltasche. Nichts. Kein Geräusch, keine Regung von Rietis Seite. Ich wartete etwa zwanzig Sekunden, hob dann verstohlen die Klappe und schob meine Hand hinein. Immer noch nichts. Ich fühlte, wie meine Fingerspitzen den Revolverlauf streiften, und wollte gerade den Griff umklammern, als Rietis Augen aufsprangen.

Zunächst geschah nichts. Ich rührte mich nicht und versuchte nicht einmal, meine Hand zurückzuziehen. Leicht belustigt, wie unberührt, starrte Rieti hinunter auf die Klappe und den Arm, der wie ein Kabel wegführte. Plötzlich aber, und bevor ich reagieren konnte, packte er mein Handgelenk und bohrte den Daumennagel tief in meine Pulsader, bis ein Tropfen Blut herausspritzte. Ich heulte auf. Einen Moment lang wandte ich den Blick von meinem Peiniger ab und sah Béa in die Augen. Doch genau in diesem Moment explodierte mein Kopf. Ein einsamer Schneemann begann in Zeitlupe dahinzuschmelzen, trieb hoch, hoch, immer höher und sprenkelte die Luft mit Schneefunken, bevor er sich in eine riesige weiße Seifenblase des Nichts verwandelte.

Ich weiß nicht, wie lange ich bewußtlos war. Als ich zu mir kam, brach ich beinahe in Tränen aus, so rasend war der Schmerz in meinem Hinterkopf. Als erstes hörte ich Rietis Stimme, allerdings nur undeutlich und weit weg, als spräche er durch das falsche Ende eines Megaphons. Was er sagte, klang gereizt und abgehackt – bittere, unzusammenhängende Sätze und Satzteile auf der Suche nach einer Syntax. Ich hörte »... ganz töricht ... es erfüllt einen nicht gerade mit ... genau das sollte ich ... sagen Sie ehrlich, Madame ...«
Ich hörte, wie Béa ihm antwortete, kalt und metallisch, auch wenn ich überhaupt nicht verstand, was sie sagte, denn zu diesem Zeitpunkt hatte sie mir noch den Rücken zugewandt und sprach in die Windschutzscheibe. Im Wageninneren lag der vermischte Gestank von Zigarren- und Zigarettenrauch. Béa drehte sich nun um, ihr Blick umwölkt von Liebe und Furcht. Ich kämpfte mich mit dem Kopf zum Fenster hoch. Auf der kabbeligen Meeresoberfläche schaukelten zwei kleine Jachten mit weißen Segeln rauf und runter, rauf und runter, dem Blick immer wieder entschwindend, und die gischtgesprenkelten Brecher schlugen so erbarmungslos auf sie ein, daß sie die meiste Zeit auf der Seite lagen wie zwei Drachen, die mitten in den Atlantik gestürzt waren. Während im Wagen die Stimmen in mein Ohr schnarrten, betrachtete ich ein paar Sekunden die beiden Jachten. Dann sah ich, etwas hinter ihnen, eine felsig schwarze Erhebung, höchstens zehn Quadratmeter groß, weniger eine Insel als ein Stück Meeresgrund, das der Ozean nicht überflutet hatte. Als landschaftliches Element war sie völlig reizlos, und auf der Strecke zwischen Saint-Malo und Mont Saint-Michel mochte es durchaus ähnliche oder sogar identische gegeben haben, denen ich

aber keine Beachtung geschenkt hatte. Doch solange das Fenster des Rolls' auf ihre gedrungene und sich gleichzeitig verjüngende Form ausgerichtet war, fühlte ich mich von einem seltsam beklemmenden Anflug von Bedeutsamkeit übermannt, deren Ursache ich in meinem betäubten Zustand nicht zu ergründen vermochte. Ich starrte immer wieder hin – es schien fast, als ob … als ob – aber nein, der Rolls fuhr bereits weiter und ließ die Bedeutung hinter sich. Allerdings blieb, als die Insel und wir endlich unserer Wege gegangen waren – sie rückwärts, wir vorwärts – und von ihr nichts mehr im Fensterrahmen zu sehen war, ihr ausgebleichtes Nachbild noch lange an meiner Netzhaut hängen.
Es löste sich erst auf, als ich hörte, wie Rieti mich ansprach.
»Sir, sind Sie jetzt mit sich zufrieden?«
»Zufrieden?« fragte ich zusammenzuckend und mußte sofort die Brauen über den sich vor Schmerz trübenden Augen hinunterziehen.
»Ihr absurder Heldenmut hat Ihnen nichts als mörderische Kopfschmerzen eingebracht, und mir fällt es dadurch, wie ich hinzufügen darf, noch ein bißchen schwerer – nicht, daß es je einfach gewesen wäre –, die Geschichte zu glauben, die Sie und Madame mir erzählt haben. Lassen Sie künftig den Schabernack.«
Während er sprach, liebkoste er unablässig den Revolver, und nun merkte ich auch, daß er mir genau damit eins auf den Schädel gegeben hatte. Nach einer Weile steckte er ihn wieder weg, zupfte umständlich an seinen Mantelknöpfen herum und bürstete sich imaginäre Schuppen von den Schultern. Dann fischte er *Sodom und Gomorrha* heraus, vergrub sich im Labyrinth der gewundenen Sätze und sozusagen mit Sicherheitsnadeln befestigten Nebensätze und sprach kein Wort mehr.

Eine Viertelstunde verstrich. Vor uns spulte sich die Küsten-

straße ab. Béa und ich wechselten Blicke, sagten aber nichts. Junior fuhr in gewohnter Weise, unterließ jedoch nun sein »Wrummm, wrummm!«.
Plötzlich wandte sich Béa ihm zu und fragte fast flüsternd, ob er wohl eine Zigarette für sie hätte. Ich sah, wie sich sein Hals rötete, als er eine flachgedrückte Marlboro-Schachtel aus einer Tasche seiner schwarzen Lederjacke zog. Neugierig hob Rieti den Blick, kehrte jedoch sogleich zu seiner Lektüre zurück. Béa zündete die Zigarette an, stieß den Rauch aus und erkundigte sich bei Junior, noch immer fast flüsternd, nach dessen Alter.
»Zweiundzwanzig«, sagte dieser mit breitem Akzent, der ihn jedoch weniger wie einen Amerikaner, sondern vielmehr wie einen englischen Discjockey klingen ließ, der als Amerikaner durchzugehen hofft. Er nahm eine Hand vom Lenkrad und zupfte am schmierigsten jener Stacheln, die von seinem Schädel abstanden.
»Ach, du kannst ja reden!« sagte Béa.
»Na klar«, murmelte er mit einem listigen Grinsen.
»Weißt du was«, sagte sie zu ihm, »es ist ein Jammer, daß du dich mit all diesem Punkkrempel vollgepackt hast. Du bist doch ein hübsches Bürschchen. Du hast schöne Zähne, ein nettes, freundliches Lächeln, reizende – na, was ist das für eine Farbe?« (sie beugte sich hinüber, um sein entflammtes Antlitz zu betrachten) – »reizende braune Augen. Ich wünschte, wir könnten sehen, wie du unter der Tarnung tatsächlich bist.«
Junior wurde knallrot. Rieti blickte von seinem Proust hoch. Mit schiefgelegtem Kopf betrachtete er Béa einigermaßen verdutzt.
»Sehr freundlich, daß Sie das sagen, meine liebe Madame Cheret«, meinte er schließlich. »Wenigstens in diesem Punkt scheinen wir uns einig zu sein. Schon lange ist es mein Herzenswunsch, den Jungen in eine passendere Garderobe zu

stecken. Nichts allzu Steifes, Sie verstehen schon – keinen Blazer und keine Flanellhosen, nichts mit silbrigen Knöpfen und Schnallen. Mir schwebt etwas modisch Saloppes vor. Mit Polohemd und Designerjeans würde er sich doch prächtig machen.«
Junior stöhnte gutmütig auf: »Halt mal die Luft an!«
Seufzend wandte Rieti den Blick gen Himmel. »War es nicht Emerson, der gesagt hat, keine geistige Befriedigung komme an das körperliche Wohlgefühl einer perfekt sitzenden Kleidung heran?«
Woraufhin Junior mit einem Seitenblick zu Béa ein bisher verborgenes Talent zeigte und vorführte, wie man bei seinem aufgeblasenen Gebieter die Luft rausließ, indem er antwortete: »Hört sich eindeutig nach ihm an.«
Rieti erfaßte den Seitenblick und verzog die Mundwinkel.
»Ich möchte nicht, daß Sie ihm den Kopf verdrehen«, sagte er zu Béa. »Er ist Komplimente nur von mir gewohnt.«
»Wenn man Sie so hört, könnte man meinen, er sei ein abgerichteter Neufundländer.«
»Pfui, Madame!«
Béa wandte sich wieder dem Burschen zu.
»Und du, Junior. Hast du denn selbst gar nichts zu sagen?«
»Ich?« erwiderte er ungläubig, als habe ihn noch nie jemand nach seiner Meinung gefragt.
»Ja, du. Erzähl uns ein bißchen von dir.«
Wäre dies möglich gewesen – doch seine Haartracht stand dem im Wege –, hätte sich Junior wohl wie ein Hanswurst in einem Bauernschwank am Kopf gekratzt.
»Ich kann einen Witz erzählen«, sagte er zögernd.
»Ja, bitte. Laß uns deinen Witz hören.«
»Madame Cheret«, ließ sich Rieti träge neben mir vernehmen, »ich rate dringend davon ab. Wirklich. Juniors Witze eignen sich im allgemeinen nicht für gemischte Gesellschaft.«
»Seien Sie doch nicht so verklemmt. Ich habe auch schon

schmutzige Witze gehört. Erzähl uns deinen Witz, Junior«, sagte sie und beugte sich ihm beinahe schmachtend entgegen.
»Eigentlich ist er gar nicht so schmutzig.«
»Du brauchst dich nicht zu entschuldigen«, meinte Béa. »Mir gefällt die andere Sorte auch.«
»Na schön«, sagte Junior und räusperte sich. »Also – zwei Limousinen treffen sich mitten auf einer Brücke, doch die ist so schmal, daß sie nicht aneinander vorbeikommen. Also halten sie an, und die beiden Fahrer – äh, wie nennt man die schon wieder? – die Chauffeure – die beiden Chauffeure steigen aus ihren Limousinen und gehen in die Mitte der Brücke. Und der erste Chauffeur sagt zum zweiten Chauffeur: ›Tut mir leid, alter Knabe‹ – wir sind in England, klar? Hab' ich schon gesagt, daß der Witz in England spielt?«
»Herrgott noch mal, erzähl schon weiter«, schnauzte ihn Rieti an.
»Na, na«, sagte Béa. »Sie lenken ihn bloß ab. Erzähl weiter, Junior. Laß dir ruhig Zeit.«
»Tja, schön, das spielt sich alles in England ab. Okay, der erste Chauffeur sagt also: ›Tut mir echt leid, alter Knabe, aber du mußt zurück.‹ Und der zweite Chauffeur – er sieht ihn bloß so an und sagt: ›Ach ja? Und wieso muß jetzt ausgerechnet ich zurück?‹ Und der erste Chauffeur sagt: ›Hast du 'ne Ahnung, wer in meinem Schlitten sitzt?‹ Und der zweite Chauffeur sagt: ›Nein, wer denn?‹ Und der erste Chauffeur sagt: ›Na, wer wohl, Lady Diana!‹ Und dann sagt also der erste Chauffeur – nein, der zweite Chauffeur – der zweite Chauffeur sagt: ›Ach, tatsächlich? Lady Diana, was du nicht sagst ...‹«
Jäh tauchte etwas auf und hinderte ihn am Weitererzählen des Witzes – ein riesiger Sattelschlepper, der auf der Gegenfahrbahn, verdeckt von einer auf die Straße hinausragenden und überwucherten Klippe, an uns herangeschlichen war. Zwar mußte Junior bloß ein kleines Ausweichmanöver machen, das

jeder erfahrene Lenker mit Leichtigkeit bewerkstelligt hätte, doch ich konnte Rieti schon fast mit den Zähnen knirschen hören. Junior dagegen achtete nicht auf den anschwellenden Tadel in seinem Rücken.

»Also gut«, fuhr er fort, »und dann sagt er: ›Na, komm mal mit, mein Lieber‹, und führt den – den – den ersten Chauffeur zu *seinem* Schlitten und öffnet die Tür, und dort drin sitzt die Königin, die Königin von England, okay? Und der – der *zweite* Chauffeur zeigt auf die Königin – die einfach bloß dasitzt, na ja, die sich einfach um ihren eigenen Kram kümmert – und sagt zum ersten Chauffeur: ›Na, glaubst du etwa, das ist ein Stück Scheiße?‹«

Ein langes Schweigen trat ein. Obwohl Juniors Augen Béa hündisch anflehten, sie möge den Witz verstehen, zeigte diese ein, zwei Sekunden lang keinerlei Reaktion. Doch dann lachte sie plötzlich laut heraus, lachte für meine Ohren mit einem allzu forcierten und ziemlich scheppernden »Hahaha«, das sich anhörte, als trippelte jedes einzelne »Ha« über eine Reihe sonnenüberfluteter Steine in einem Bach.

Rieti betrachtete sie abschätzig.

»Sie erstaunen mich, Madame. Ich hätte nicht gedacht, daß Sie sich für solch schlechten, schlüpfrigen, primitiven Humor erwärmen könnten.«

»Aber Monsieur Rieti«, erwiderte Béa schelmisch lächelnd. »Sie wollen mir doch nicht weismachen, daß Sie in der Blüte Ihrer Jugend nicht auch über dies und das gelacht haben, obwohl Sie wußten, daß es schwachsinnig war, ja, über das Sie gerade lachen mußten, *weil* es schwachsinnig war.«

»Nein, habe ich nicht. Und ich muß Sie darauf hinweisen, daß ich noch immer in voller Blüte stehe.«

»Nun, ich habe den Witz sehr lustig gefunden«, sagte Béa. »Und Junior wußte, daß er schwachsinnig war, als er ihn uns erzählte, stimmt's?«

»Tja, klar, logisch«, antwortete Junior unsicher.
»Na, sehen Sie«, sagte Béa zu Rieti. »Sie zwängen ihn zu sehr ins Korsett. Vielleicht hat er ja Talente, von denen Sie keine Ahnung haben.«
»Wohl kaum, Madame. Junior ist ein lieber, argloser Bursche. Wenn ich ihn um mich habe, glaube ich, frisches Blut fließe durch meine Adern. Und ich schätze es nicht, wenn Sie oder jemand anders ihm einen Floh ins Ohr setzt. Ist das klar?«
»Ich versichere Ihnen, das lag nicht in meiner Absicht. Und falls ich ihm je wieder einen Floh ins Ohr setzen sollte, will ich auf der Stelle tot umfallen.«
»Soweit wird es hoffentlich nicht kommen«, erwiderte Rieti. Und dann folgte der obligate Satz: »Der unfehlbare Proust wird dafür bestimmt wieder die passenden Worte finden.« Er blätterte den Band flüchtig durch, bevor er ihn ganz aufschlug und den folgenden Abschnitt vorlas: »›*Was den Bildhauer Ski anbelangte, der so genannt wurde, weil man seinen polnischen Namen zu schwierig auszusprechen fand und weil er selbst, seit er in einer gewissen Gesellschaftsschicht lebte, Wert darauf legte, mit sehr wohlsituierten, aber etwas langweiligen, überaus zahlreichen Verwandten nicht verwechselt zu werden, so hatte er, fünfundvierzig Jahre alt und sehr häßlich, eine Art von Jungenhaftigkeit, von träumerischer Phantasie beibehalten, was daher rührte, daß er bis zu seinem zehnten Lebensjahr das bezauberndste Wunderkind der Welt gewesen war, der Liebling aller Damen.*‹«
Er lehnte sich zurück.
»Ach ja. Ein wenig verklausuliert, ein wenig umständlich, aber dennoch das aussprechend, was es aussprechen will. Erstaunlich, oder etwa nicht?«
Béa schwieg. Ihr ungeteiltes Interesse galt, als habe sie Rieti gar nicht reden hören, weiterhin Junior.
»Wie ist denn dir dabei zumute?« fragte sie ihn. »Behagt es

dir, wenn man dich als sein kleines, na ja, Frauchen betrachtet?«
Bevor Junior antworten konnte, schaltete sich Rieti ein.
»So seien Sie doch vernünftig, Madame Cheret. Ich empfehle Ihnen dringend, nichts zu tun oder zu sagen, was Sie noch bereuen werden – was Sie *nicht mehr* bereuen werden.« Er neigte sich vor und legte dem Burschen die Hand auf die Schulter. »Junior, mein Lieber, dir ist doch hoffentlich ebenso klar wie mir, worauf diese Pestbeule von Frau, dieses Nonplusultra einer Nervensäge hinauswill. Ihre Masche ist die urälteste unter allen uralten und wurmstichigen Maschen. Zeig dich bitte meines Vertrauens würdig, indem du nicht nach einem derart madigen Köder schnappst.«
Die Aufrichtigkeit seiner Bitte hatte etwas beinahe Rührendes, doch Junior gab keine Antwort. Und Rieti, der es vorzog, den in seinen Augen bestimmt schon höchst fragilen Waffenstillstand nicht noch zusätzlich zu gefährden, verfiel wieder in unzugängliches Schweigen. Ich saß gleichfalls schweigend neben ihm, und mein Kopf schmerzte noch immer bei der geringsten Berührung. Ich wandte mich um und sah aus dem Fenster.
Am zugigen Strand unterhalb der Felsen erblickte ich einen älteren Mann, der mit den nackten Füßen im eiskalten seichten Wasser planschte und einen Schaffellmantel sowie Flanellhosen trug, die er bis zu den Knien hochgerollt hatte. Ein paar Meter von ihm entfernt stand ein Jüngling, vermutlich sein Enkel, in Jeans und Gummistiefeln auf dem Sand und ließ vergnügt eine Reihe glatter, flacher Kieselsteine hintereinander Bocksprünge über das Meer machen, bis einer nach dem anderen träge in der kühlen Stille seiner Tiefe versank. Hinter den beiden Figuren erstreckte sich die offene See mit ihren verwickelten blauen Knoten, die von den Wogen unaufhörlich auf- und zugeknüpft wurden, und den blassen Gischtstreifen,

die sich auf dem Kamm jeder einzelnen Welle bogen und streckten, als blätterte die Brise die Seiten eines ungeheuren Logbuchs um. Dies war ein Bild von Natur und Normalität, das mir deutlich vor Augen führte – als hätte man mir das noch vor Augen führen müssen –, wie weit ich mich von beidem bereits entfernt hatte.
Der Moment ging vorüber, und ich kam wieder zu mir. Als dies geschah, wandte sich Junior, dessen linke Hand auf dem Lenkrad verblieb, gerade Béa zu und sagte mit lüsternem Blick: »Ich bin für niemand das kleine Frauchen, aber ich wäre sehr gern Ihr kleines Männchen – wenn Sie glauben, Sie kommen mit einem *richtigen* Kerl klar.«
Sosehr dies Béa verblüffte, setzte sie doch ein Lächeln auf. Dann zündete sie eine ihrer ewigen Dunhills an und blies einen dünnen Rauchstrahl an die Windschutzscheibe, wo er lautlos zerschellte.
»Sieh da«, sagte sie. »Soweit ich das beurteilen kann, und das kann ich, bist du keiner von denen, die viel Zeit verlieren.«
Rieti erbleichte. Er beugte sich vor und griff in die Manteltasche. Mit einem heftigen Ausschlagen seines Ellbogens, der schmerzlich an den meinen fuhr, fand er, wonach er suchte, und augenblicklich lag der Revolver wieder in seinem Schoß.
Inzwischen warf Junior Béa einen Blick zu, der wohl selbstbewußte Dreistigkeit verströmen sollte, einen Blick, in dem jedenfalls all die großspurige Impertinenz junger Männer lag.
»Und soweit ich das beurteilen kann, und das kann ich«, sagte er, »gilt das auch für Sie.«
Béas halb belustigter und halb entsetzter Blick senkte sich jäh auf seinen Schoß, und obwohl ich nichts von dem sehen konnte, was sich vorne abspielte, wußte ich sofort, daß er sich mit der freien Hand obszön sein Geschlecht aufgeschüttelt hatte, als wäre es ein Kopfkissen.

»Na … da haben wir ja etwas gemein, Junior«, antwortete sie, um gleich hinzuzufügen: »Aber im Grunde interessiert mich ja genau das, was wir *nicht* gemein haben.« Und indem ihr Körper schwankend in seine Hälfte des Vordersitzes vordrang, raffte sie den gesamten Krimskrams seines Geschlechts mit der rechten Hand zusammen und bohrte ihre langen lackierten Fingernägel mit voller Kraft in dessen fleischige Verletzlichkeit.

Noch bevor Junior losschrie, loderte sein glattrasierter Nakken auf, als stünde er in Flammen, was mich zum erstenmal seit langem an die Platane erinnerte, in die der Blitz eingeschlagen hatte. Junior löste beide Hände vom Lenkrad, um sich seines gepeinigten Genitals anzunehmen, und ließ den Kopf hart gegen den Sitz prallen. Trotz zugekniffener Augen schossen ihm Tränen über die Wimpern.

So vieles schien gleichzeitig zu passieren. Als Junior den Kopf zurückgeworfen hatte, waren seine Beine noch fest zusammengeklemmt gewesen. Kurz darauf sprangen sie mit einem Ruck, der seinen ganzen Körper starr werden ließ, wieder weit, anstößig weit auf. Sein rechtes Bein schnellte hinauf ans Lenkrad und wirbelte dieses wild nach links. Zwar kam uns zum Glück niemand entgegen, doch der Rolls verließ auf der dreispurigen Straße seine vorgeschriebene Fahrbahn und flitzte schnurstracks auf den Stacheldrahtzaun und den Straßengraben zu, der sich seit dem Stadtausgang von Saint-Malo neben uns herzog.

Mit unerwarteter Geistesgegenwart beugte sich Béa sofort über den ausgestreckten Junior – der sein brennendes Geschlecht umschloß und dazu ein trübselig klagendes Wiegenlied sang, die halboffenen tränenden Augen blutunterlaufen – und riß das herrenlose Lenkrad mit solcher Kraft nach rechts herum, daß wir alle auf die Seite geworfen wurden, während der Rolls abermals abrupt über die Straße auf die Klippe und das in der Tiefe liegende Meer zuschoß. Rieti und ich schrien gleichzeitig auf. Und keine zwei Sekunden, nachdem Béa die Hand entsetzt vom Lenkrad genommen hatte, packte sie es erneut und warf es in die andere Richtung, drehte und drehte und drehte es immerfort, als versuchte sie verzweifelt, die große Schleuse eines rostenden Staudamms zu öffnen oder zu schließen. Der erblassende Rieti tat nun das Schlimmste, was er überhaupt tun konnte: Er sah aus dem Fenster in die Leere und zu den glitschig glänzenden Felsen, die in der Tiefe eine schuppige schwarze Teigdecke auf dem Strand bildeten, und in seinem Schrecken ließ er den Revolver fallen, welcher über den Wagenboden rutschte, bevor er in der Nähe meiner Füße stoppte und sich wie eine Münze, die man auf einer Bartheke kreiseln läßt, um die berauschte Achse drehte. Rieti schien im Begriff, sich zu übergeben, und hätte dies wohl auch getan, wäre Béas Kraftakt am Steuerrad nicht doch noch von Erfolg gekrönt gewesen. Wie eine Achterbahn, die in der Wahrnehmung ihrer heiter-bestürzten Fahrgäste in die Luft abzuheben scheint und es sich erst im allerletzten Moment anders überlegt, schlingerte der Rolls abermals und hielt erneut wie ein schwankender Säufer auf die andere Straßenseite zu. Nun konnte ihn nichts mehr aufhalten. Er schlitzte den Stacheldrahtzaun auf und kam mit einem das Hirn erschütternden Stoß am Rand des Straßengrabens zum Stillstand.

Womöglich lag es ja daran, daß ich bereits zuvor einen lähmenden Schlag hatte hinnehmen müssen, einen Schlag, von dem ich mich noch nicht ganz erholt hatte: Jedenfalls verkraftete ich die Wucht des Schocks besser als die anderen. Rieti war durch den Stoß ruckartig nach vorne gerissen worden und saß leichenblaß da; aus dem einen Nasenloch rann ein Blutbächlein, und seine Stirn klebte am Vordersitz. Junior war im Moment des Aufpralls nach hinten anstatt nach vorne geschleudert worden – das heißt, er war wohl klug genug gewesen, sich in jene Richtung zu werfen. Japsend sog er Luft ein und hielt das Lenkrad mit beiden Händen umklammert, nun allerdings seltsam starr auf Armlänge. Béa saß stocksteif da. Entsetzt bemerkte ich etwas, das mir im ersten Moment wie eine Blutlache auf ihrem Schoß vorkam, sich dann jedoch als die Dunhill-Schachtel entpuppte, die zusammen mit einem anonymen Schlüsselbund aus dem Handschuhfach gepurzelt war.

Béa zitterte, als ich ihre Schulter berührte.

»Béa, bist du verletzt?«

Sie schüttelte den Kopf, sah nach hinten zu Rieti und dann zum armen Junior hinüber, der heute wahrlich nicht seinen besten Tag hatte, und sagte: »Nein ... Nein, nicht schlimm.«

»Bist du sicher?«

»Ja, ja, mit mir ist alles in Ordnung. Los, hauen wir ab!«

»Wo – wohin sollen wir denn? Und was wird aus den beiden hier?«

»Die können mich mal. Das ist unsere einzige Chance. Kriegst du bei dir die Tür auf?«

Nach einem Dutzend vergeblicher Versuche – der schweißnasse Türgriff wollte einfach nicht einrasten und gab dem Druck meines Armes schlaff nach wie der Hebel einer Klospülung, die sich in einem fremden Haus peinlicherweise nicht betätigen läßt – gelang es mir schließlich, die Tür aufzustoßen. Als ich mich hinauszwängte, schlug mein Schuh gegen einen harten Gegenstand, und mir war augenblicklich klar, daß es sich um Rietis Revolver handelte. In meiner Hast, aus dem Wagen zu kommen, hatte ich ihn unabsichtlich unter den Sitz getreten, so daß es beschwerlich und zeitraubend, wenn auch keineswegs unmöglich gewesen wäre, ihn hervorzukramen. Allerdings war mir auch klar, daß Béa ihn, hätte ich es erwähnt, unbedingt hätte an sich nehmen wollen, um

den Spieß augenblicklich gegen Rieti zu kehren. Weshalb also ließ ich ihn zurück? Heute weiß ich, daß unser Abenteuer vielleicht – nein, *bestimmt* – ganz anders ausgegangen wäre, wenn ich ihn in unseren Besitz gebracht hätte. Aber so ist es nun mal – vielleicht, so rede ich mir ein, schreckte mich eine solche Waffe in Béas Händen noch mehr als in denen von Rieti –, jedenfalls tat ich es nicht. Ich ließ ihn, wo er war.
Sie und ich stiegen gleichzeitig aus dem Auto. Ihr Rock war blutbespritzt, wie mir auffiel, während ich den Saum der Innentasche meiner Jacke aufgerissen hatte, als wir hinausgestürzt waren. Deren Inhalt – ein Füllfederhalter, ein Kamm, ein lederner Taschenkalender, dessen hohler Rücken sich nahtlos um einen winzigen goldenen Bleistift schloß – lag nun verstreut am Boden. Wir waren beide mit den Füßen im Straßengraben gelandet, blieben ansonsten aber unversehrt. Hinter uns im Rolls rührten sich weder Rieti noch Junior, und selbst die Klagelaute des letzteren waren verstummt.

Ich nahm Béa an der Hand und begann mit ihr den moosbedeckten, steinigen und erstaunlich steilen Hang hochzuklettern, der uns, darauf vertraute ich, zu einem gleichmäßig mit Grün bewachsenen Plateau weit oberhalb der Küstenstraße führen würde. Wegen des Unfalls noch immer ganz wackelig auf den Beinen, stießen wir mit den Zehen gegen überwucherte Felsvorsprünge, wetzten die durchnäßten Schuhe an kleinen sandigen Senkungen ab und traten Kieshäufchen frei, die den Berg hinunterrieselten. Der Hang wurde immer steiler, je höher wir kamen, hinter den einen Hügeln wurden andere Hügel sichtbar und hinter diesen wieder andere, und rasch erkannte ich, daß meine vage Beurteilung seiner Höhe von der Straße aus viel zu optimistisch ausgefallen war. Wo wir auch stehenblieben, wo wir auch hinkamen, immer schien vor uns noch ebensoviel Weg zu liegen, wie wir bereits zurückgelegt hatten. Doch als ich mich gerade zu fragen begann, ob wir je oben anlangen würden, stieg ein einsames Perlhuhn wie eine hochschnellende Tontaube mit ohrenbetäubendem Krächzen aus dem Unterholz, worauf der offene Himmel ins Blickfeld rückte und ich feststellte, daß wir unser Ziel erreicht hatten. Ich schob die Manschette meines Hemdes zurück und warf einen Blick auf die Uhr. Es war eine Minute vor halb drei. Weit unter uns, neben einem seltsam schräg stehenden Rolls, waren Rieti und Junior zu sehen – dieser hüpfte, sein Geschlecht umklammernd, immer noch von einem Fuß auf den anderen. Vor uns stand ein lichtes und höchstens aus vier oder fünf Baumreihen bestehendes Wäldchen, und etwa zehn Meter dahinter erstreckte sich scheinbar endlos flaches Weideland, welches uns Gott weiß wohin führen, jedoch wenigstens dem Zugriff unserer Verfolger entziehen würde. Wortlos wies ich Béa darauf hin.

Hand in Hand, teils gehend, teils laufend, bahnten wir uns einen Weg durch das Wäldchen. Federnde, spröde, knochentrockene Zweige knackten unter unseren Füßen. Ein einzelner Ast, den Béa achtlos beiseite schob, schnellte zurück und schlug peitschend gegen meine Brust. Das Gitternetz aus Licht und Schatten, das über unseren Köpfen die Baumkronen sprenkelte, schien zuerst das Licht und dann den Schatten hervorzuheben, so daß man gar nicht hätte sagen können, was nun die eigentliche »Grundierung« des harmonischen Wechselspiels bildete. Als wir das Wäldchen durchquerten, hatte ich auch den Eindruck, zahlreiches allgegenwärtiges Kleingetier warte in seinen Höhlen wachsam, bis wir trampelnden Menschen das Territorium wieder geräumt hätten.

Auf der anderen Seite des Wäldchens, und abermals durch einen Stacheldrahtzaun abgetrennt, war das Gras nicht bloß grüner, sondern wider Erwarten auch saftig und ebenmäßig, als handele es sich um einen englischen Rasen. In weniger als hundert Metern Entfernung glitzerte die gekräuselte Oberfläche eines kleinen Weihers, vor dem eine Eiche ein gigantisches grünes Pfauenrad gegen den Himmel schlug. Ich packte Béas Hand und rannte auf diesen blattreichen Überhang zu, um darunter etwas zu verschnaufen, bevor wir unseren Weg fortsetzten.

Seite an Seite saßen wir ein paar Minuten schwer atmend gegen den Stamm gelehnt. Schließlich blickte ich ihr in die Augen.
»Béa, eines begreife ich nicht.«
»Was denn?«
»Wieso – na ja, wieso sind wir überhaupt hier?«
Verständnislos sah sie mich an.
»Wieso wir hier sind?« Sie lachte schroff. »Wie kannst du ausgerechnet jetzt eine solche Frage stellen?«
»Hör mal – Rieti ist ein Dreckskerl, geschenkt. Aber schließlich handelt er im Auftrag von – wie hieß er schon wieder? – Nasr? Er ist doch derjenige, an den du das Gemälde verkaufen sollst, oder nicht?«
»Aber das weißt du doch.«
»Und warum rennen wir dann vor ihm davon?«
Béa gab keine Antwort.
»Es kommt mir so sinnlos vor.«
Noch immer schwieg sie.
»War es denn wirklich nötig, mit dem Wagen einen Unfall zu bauen und unser Leben aufs Spiel zu setzen? Es hätte Gott weiß was passieren können.«
Stille.
»Herrgott noch mal, so red schon!«
Sie umschloß meine Hand behutsam mit den ihren.
»Guy, hast du Rieti schon vergessen? Hast du seine Knarre vergessen? Wie er mich damit drangsaliert hat? Dich bewußtlos geschlagen hat? Und seine Stimme! Wenn ich mir von die-

sem wichtigtuerischen Windbeutel noch ein einziges Wort hätte anhören müssen, ganz ehrlich ...« und ihre eigene Stimme schraubte sich hoch, bis ich glaubte, sie zerspringe.
»Nein, Béa, selbstverständlich habe ich das nicht vergessen«, erwiderte ich. »Aber ich verstehe nicht, wie wir uns in diesen scheußlichen Schlamassel hineinreiten konnten. Du möchtest den La Tour verkaufen, Rieti möchte ihn kaufen. Wo liegt das Problem?«
»Das Problem? Das Problem liegt bei Sacha. Ich durfte einfach nicht zulassen, daß diese beiden Halsabschneider mit uns nach Mont Saint-Michel fuhren. Du hast bereits eine Kostprobe erhalten, wie Sacha sich aufführen kann. Was würde er deiner Meinung nach tun, wenn sie nun in sein Atelier platzten?«
»Ja, ja, ich weiß, aber trotzdem ist mir schleierhaft ...«
Der Satz blieb in der Luft hängen. Unsichtbar, aber unüberhörbar war gerade etwas an uns vorbeigezischt. Ohne nachzudenken warf ich mich auf den Boden und riß Béa mit.
Ein paar Sekunden lagen wir mit dem Gesicht nach unten nebeneinander und keuchten im Gleichtakt.
Dann flüsterte mir Béa zu: »Guy, was ist los?«
»Hast du es denn nicht gespürt?« fragte ich.
»Was denn?«
»Die Kugel. Die mußt du doch gespürt haben. Sie hat uns nur ganz knapp verfehlt.«
»Nein. Nein, ich habe nichts gespürt.«
Eine Weile versuchten wir, absolut reglos zu verharren. Dann spähte Béa aus der Deckung des Baumstamms hervor zum Wäldchen und zur Klippe, hinter welcher der nun nicht mehr sichtbare Saum des Meeres lag.
»Ich kann weder Rieti noch Junior sehen.«
»Aber irgendwo müssen sie doch sein.«
Sie lehnte sich neben mir zurück und zog die Knie wie die Zugbrücke eines Wasserschlosses bis zum Kinn hoch.

»Ich habe das Gefühl«, sagte sie leise, »daß sie uns mit ihrer kleinen Darbietung Angst einjagen wollen. Doch da Rieti den La Tour möchte, kann er uns nicht umbringen, und das weiß er.«
Insgeheim haderte ich nun doch mit mir, weil ich Rietis Revolver nicht an mich genommen hatte – als mit demselben drohenden Surren und dumpfen Knall eine weitere Kugel vorbeipfiff und diesmal tatsächlich über uns am Baumstamm abprallte. Erneut duckten wir uns. Doch als wir den Blick wieder hoben, sahen wir, daß diese zweite Kugel still und leise gut fünf Meter über den Schattengürtel, der die Eiche umgab, hinausgerollt war – und daß es keine Revolverkugel war. Rund, weiß und voller Grübchen glich sie nichts auf der Welt so sehr wie dem, was sie ganz augenscheinlich war: einem Golfball.
Es dämmerte uns gleichzeitig. Ein Golfplatz. Und nun fügte sich alles logisch zu einem Mosaik zusammen – der wohlgeformte Weiher, die Zartheit des Grases unter unseren Füßen und schließlich, genau in diesem Moment, als sollten so die letzten Zweifel beseitigt werden, die Béa oder ich noch hegen mochten, drei exakt zur rechten Zeit auftauchende Spieler, welche ihre Golfwagen senkrecht wie Handstaubsauger am Horizont vorbeizogen.
Ich rappelte mich auf.
»Na schön«, sagte ich zu Béa. »Wenn du gehen willst, dann gehen wir eben. Aber wir müssen sofort gehen. Auch wenn Rieti nicht auf uns geschossen hat, heißt das nicht, daß wir ihn abgehängt haben.«
»Wohin sollen wir denn?«
»Wenn das ein Golfplatz ist, muß es irgendwo ein Klubhaus geben.«
Wir beschlossen, uns schnell auf die Suche nach diesem zu machen, was um so dringlicher erschien, als Rieti und Junior plötzlich oben an dem Hang auftauchten, den Béa und

ich vor ein paar Minuten erklommen hatten. In der Überzeugung, man schieße auf uns, hatte ich uns törichterweise um jenen einen Vorteil gebracht, den wir ihnen gegenüber hatten – den der Zeit. Nun würden wir tatsächlich um unser Leben laufen müssen. Und als wir dies taten und Béa meine Hand umklammerte, stellte sich heraus, daß das, was wir zuvor bloß als steril glänzendes Grasland wahrgenommen hatten, mit Sandbunkern gesprenkelt war, die an riesige, von Golfschlägern ausgehackte Rasenstücke erinnerten, aber auch mit gleißenden Grüns und Löchern, in denen kleine Fahnenstangen steckten – im Vorübereilen machte ich die Nummer 13 aus –, sowie mit Golfern in Tweedsachen, meist in Zweier- oder Dreiergruppen, von denen uns einer eine altmodische französische Unflätigkeit zurief, weil wir sein Gesichtsfeld durchkreuzten, als er gerade abschlagen wollte und dabei mit dem Hinterteil wie ein Rüde wackelte, der Anstalten macht, eine Hündin zu bespringen. Was *wir* hörten, klang allerdings noch harmlos verglichen mit dem, was unsere Verfolger zu hören bekamen, als derselbe Spieler, nachdem Béa und ich weitergezogen waren und er ungeduldig den Faden seines Spiels wieder aufzunehmen versuchte, durch Rieti und Junior abermals gestört wurde und das ganze Gezänk von vorne losging.

Der Golfplatz schien so einleuchtend numeriert zu sein, daß er sich zu Fuß leicht erkunden ließ, denn vom dreizehnten Loch kamen wir nach einiger Zeit zuerst am zwölften und dann am elften vorbei, welches von einem Quartett Damen – alles Hosenträgerinnen – beansprucht wurde, deren eine, die gerade zum Schlag ausholte, sich durch unser Hereinplatzen dermaßen gestört sah, daß ihr Schlager haarscharf am Scheitelpunkt des Balles vorbeipfiff, welcher aber artig auf seinem Aufsatz sitzen blieb wie ein Ei im Eierbecher. Dann kam jedoch völlig unverhofft das fünfzehnte Loch, gefolgt vom sechzehnten. In die andere Richtung. Ich zerrte Béa nach rechts auf einen Hügel zu, auf dessen sanft gewelltem Kamm ich bereits Kopf und Schultern eines einsamen älteren Golfers in gelbbrauner Safarikleidung ausgemacht hatte, der mit einer Hand über der Stirn in aller Ruhe die in der Tiefe stattfindende Verfolgungsjagd betrachtete. Als wir den Hügel erklommen, kam direkt dahinter nach und nach ein einstöckiger, chaletartiger Pavillon in Sicht, auf dessen Veranda zahlreiche Menschen beiderlei Geschlechts mit Weingläsern in der Hand dastanden und den Himmel nach Zeichen von Regen absuchten. Hierbei handelte es sich unverkennbar um das Klubhaus, nach dem ich Ausschau gehalten hatte.

Die gedeckte und mit blumigen, verschnörkelten und an die Schweiz erinnernden Motiven verzierte Veranda beanspruchte die gesamte blaue Lattenfassade des Pavillons, und ein Dutzend Korbstühle im Kolonialstil stand über die ganze Länge verteilt. Die einzigen Klubmitglieder, die diese Stühle benutzten, waren zwei Männer mittleren Alters, die beide einen Kaschmirpullover, ein türkisch gemustertes Halstuch, saubere, steifgebügelte Jeans und Wildlederhalbschuhe trugen. Obwohl keiner dem anderen je in die Augen sah, flüsterten sie sich *basso profondo* dies und das zu oder schüttelten einmütig und träge den Kopf. Als Béa und ich uns der Veranda näherten, dabei die Atemnot hinunterschluckend und möglichst den Eindruck erweckend, wir kämen gerade lässig von dem bestimmt ans Klubhaus angrenzenden Parkplatz hereingeschlendert, sah der Mann mit dem modischeren Halstuch zu uns auf. Ohne die mir ins Auge springende Tatsache im geringsten kaschieren zu wollen, daß er Béa mit Blicken auszog, musterte er mich flüchtig und mit mildem, aber nicht feindseligem Erstaunen und wandte sich dann wieder seinem Bekannten zu, der nicht aufgehört hatte, ihm ins Ohr zu flüstern.

Das Klubhaus hatte eine kleine, niedrige Eingangshalle, vergleichbar derjenigen eines Männerklubs, mit einem gestreiften Linoleumbelag und einer beim Eintreten gleich rechts liegenden Garderobe samt Empfang. Auf dem Schalter selbst stand ein Messingschild mit der Aufschrift *Réception: Mme Ginette Beauvois*. Madame Beauvois saß hinter dem Schild, doch da sie den Kopf gesenkt hatte, sah ich bloß ihre mausgraue und streng geflochtene Frisur, welcher Béa, als sie am Schalter vorbeisauste und mich hinter sich herriß, ein flottes »Salut, Ginette!« zurief. Ich konnte es mir im Weitergehen nicht verkneifen, einen Blick zurückzuwerfen, um festzustellen, wie Ginette darauf reagiert hatte, und sah gerade noch, wie sie mit mißfälliger Verwunderung über ihre Bifokalbrille schielte, zum mutmaßlichen Mitgliederverzeichnis des Klubs griff und dieses nervös durchblätterte.

Erst beim Betreten des überfüllten Barraums wurde uns klar, daß wir keine Ahnung hatten, wie es weitergehen sollte.
»Ich hole uns etwas zu trinken«, sagte ich schnell zu Béa, »und du überlegst dir inzwischen, was wir als nächstes tun.«
Béa nickte und steckte sich eine Zigarette an. Noch immer war sie vom Rennen ganz außer Atem, und ich konnte beinahe ihren Herzschlag hören. Ich wollte bei ihr bleiben, bis sie sich ruhiger fühlte, doch sie scheuchte mich mit der stummen Versicherung davon, mit ihr sei alles in Ordnung. Und als ich mich bereits zur Theke begeben wollte, hörte ich durch den uns umgebenden distinguierten Tumult eine Falsettstimme auf englisch rufen: »Béa? Béa? Na, das ist doch Béa Cheret! Béa, ich bin's, Oona!« Eine Frau kam auf uns zu, die munter all jene mit dem Ellbogen knuffte, die ihr nicht rechtzeitig auswichen. Sie zog einen rotwangigen Mann hinter sich her, welcher mit der linken Hand den Gin Tonic in seiner rechten zu schützen versuchte und dabei mit den Eiswürfeln in dem mattierten Glas klimperte. Doch was in Wahrheit auf

uns zukam, war ein einziges immenses und allumfassendes Lächeln, ein Lächeln so immens, daß es breiter wirkte als das Frauengesicht, dem es gehörte.
Klebrig umarmte sie Béa. Während der Mann und ich daneben standen und uns mit höflich distanziertem Lächeln musterten, umfaßten sich die beiden Frauen mit jener verfluchten Unschlüssigkeit, die jedem vertraut ist, der schon einmal versucht hat, einem Franzosen oder einer Französin einen Kuß zu geben. Alles dreht sich dabei um die Frage, wer wen küßt und welche Wange zuerst kommt und ob es ein-, zwei-, drei- oder sogar viermal zu geschehen hat – linke Wange, rechte Wange, linke Wange, rechte Wange. Anschließend küßten sich auch Béa und der rotgesichtige Mann, allerdings nur einmal, ein flüchtiges Küßchen.
Aus der Ferne, im überfüllten Raum, hatte ich diese Frau, diese lebhafte und vollbusige »Oona« auf Ende dreißig oder Anfang vierzig geschätzt. Obwohl sich mir unterschwellig der Begriff »keß« aufgedrängt hatte, wies ich diesen augenblicklich als viel zu ungalante Bezeichnung zurück. Doch wie sie uns entgegenstrebte, schien sie mit jedem Schritt um drei oder vier Jahre zu altern; und als sie unmittelbar vor uns stehenblieb – denn sie gehörte offenbar zu jenen Personen, die es sich angelegen sein lassen, allen Menschen, mit denen sie sich gerade unterhalten, so dicht auf die Pelle zu rücken, daß jene sich gezwungen sehen, immer weiter zurückzuweichen – und ihr Gesicht sich in eine Maske verwandelt hatte, die allzu deutlich kosmetisch beförderte Anmut verströmte, aber auch unverhohlene Neugier in bezug auf meine Anwesenheit, wurde offensichtlich, daß sie mindestens fünfzig und fürwahr keß, wenn auch immer noch attraktiv war. Wie Knöpfe in Kordsamt steckten in ihrem Fleisch zwei rastlose Äuglein, aus deren Winkeln die verräterische Fußspur eines umherstreifenden Vogels über das verschneite Gelände ihres Teints

mäanderte. Sie hatte allerdings noch immer eine gute Figur und brauchte sich auch ihrer Beine nicht zu schämen, und das elegant geschnittene lachsrote Deux-pièces trug sie mit echter Grandezza.
Der Mann wiederum, den ich für ihren Gatten hielt, hatte eine marineblaue und mit einem Pelzkragen besetzte Joppe an, deren Reißverschluß halb offen war und eine gestreifte Krawatte entblößte, die eindeutig einer alten Privatschule zu entstammen schien, obwohl ich nicht hätte sagen können, welche es war. Sein Kinn unter dem buschigen Schnurrbart roch aufdringlich nach Rasierwasser. Und die spärlichen, allzu spärlichen weißen Haarsträhnen hatte er zu dem jedes Maß sprengenden heroischen Dienst verpflichtet, zu bedecken, was sich sonst als breite Glatze auf seinem Haupt präsentiert hätte.
»Meine Liebe«, sagte Oona zu Béa, ließ mich aber nicht aus den Augen. »Wer hätte geglaubt, daß wir uns ausgerechnet hier treffen würden? Hast du mir nicht gesagt, Golf langweile dich tödlich?«
»Allerdings«, sagte Béa leise und fügte hinzu: »Das ist eine lange Geschichte, Oona.«
»Davon bin ich überzeugt«, erwiderte Oona genüßlich. »Die besten sind das immer.«
Ostentativ sah sie sich um.
»Bist du mit Jean-Marc hier? Er wäre mir gar nicht aufgefallen.«
»Nein, er ist in England. Auf einer seiner Reisen.«
»Verstehe ...« Dies sagte sie auf eine Art, die einem Affront gleichkam, doch im Moment hatten wir weder Zeit noch Muße, irgend etwas als Affront zu empfinden.
»Und?« fuhr Oona unbeirrt fort.
»Und was?«
»Willst du uns nicht vorstellen?«

»Ja, natürlich, bitte entschuldige«, sagte Béa. »Guy, das sind zwei sehr gute Freunde von mir, Oona und Oliver Zinn. Oona, Oliver – Guy Lantern.«
Bei unseren reichlich ungelegen kommenden Freunden handelte es sich um ein pensioniertes englisches Ehepaar, das in Bournemouth wohnte und alle zwei Monate mit dem Auto in die Normandie und Bretagne fuhr, um Olivers üppiges Ruhegehalt beim Golf, Glücksspiel und guten Essen zu verprassen. Béa kannte sie, weil Oliver – der offenbar als Börsenmakler oder Anlageberater in der Londoner City tätig gewesen war – einst bei Jean-Marc ein Gemälde gekauft hatte, das Landschaftsbild eines Corot-Schülers, dessen Namen ich nicht recht verstand. In der Folge hatte sich herausgestellt – und dies wohl nicht zur allseitigen Freude –, daß die Cherets eine Villa in Saint-Malo besaßen, wohin die Zinns »seit Anno Tobak« immer wieder kamen, wie Oona es ausdrückte, und daraus entwickelte sich wie so häufig auf recht zufällige Weise eine enge Freundschaft.
Als Béa meinen Namen aussprach, entfuhr Oona ein glockenhelles Lachen, das sich affektiert anhörte, es aber wohl gar nicht war.
»Lantern. Was für ein herrlich ausgefallener Name! Der ist doch echt, oder? Ja, natürlich ist er das, den könnte sich niemand ausdenken. Aber was *kann* er nur bedeuten? Wahrscheinlich, daß Sie einer langen Reihe von Laternenmachern entstammen, obwohl ich zugeben muß, daß mir ein solcher Berufsstand nicht bekannt ist. Aber«, fuhr sie fort, »ich sollte nicht zu große Töne spucken.«
Da ich keine Ahnung hatte, wovon die Frau sprach, beschränkte ich mich auf ein unverbindliches Brummen.
»Ich meine mit meinem eigenen Namen«, ergänzte sie und nickte aufmunternd.
»Verzeihung?«

»Oona Zinn!«
Einen Moment lang glaubte ich, sie weise meine Nachfrage zurück – doch dann fiel der Groschen.
Pflichtschuldig kicherte ich. »Ach so. ›Oona Zinn – Unsinn!‹ Wirklich zu dumm für Sie.«
Nun kicherte auch sie. »Aber andererseits sehen Sie ja, wie gut sich der Name als Eisbrecher eignet.« Und als sie meine verdutzte Miene sah, half sie erneut nach: »Das Eis brechen? Im Gespräch?« Ich lächelte, und sie fügte wehmütig hinzu: »Merkwürdig, eigentlich sollte man glauben, er führe ständig zu den komischsten Mißverständnissen. Dabei passiert das gar nie.«
Wir alle musterten nun eingehend unser Schuhwerk, bis die abermals erstrahlende Oona fragte: »Wie lange kennen Sie Béa denn schon?« Doch bevor ich antworten konnte, sagte sie mit kokett drohendem Finger in Béas Richtung: »Und wie lange wolltest du uns diesen jungen Mann noch vorenthalten?«
»Guy und ich kennen uns noch gar nicht lange. Eigentlich ist es eine ziemlich verrückte Geschichte. Jean-Marc fuhr ...«
»Ach, dann kennt Jean-Marc Guy also auch?«
»Ja, selbstverständlich«, antwortete Béa unwirsch. »Was spukt bloß in deinem Kopf herum, Oona?«
»In meinem Kopf?« fragte Oona und riß die Augen so weit auf, wie die beiden Dingerchen es erlaubten. »Oh, nichts, Béa, überhaupt nichts. Du kennst mich ja.«
»Na so was«, sagte Oliver.
So unerwartet wirkte diese Wortmeldung aus dem Munde Olivers, der bisher nichts zu sagen gehabt hatte, daß Oona, Béa und ich uns alle nach ihm umwandten.
»Na so was«, wiederholte er barsch »Jetzt seht euch das mal an! Um Himmels willen, was soll denn *das* werden? Und was zum Teufel hat es hier zu suchen, das möchte ich zu gerne wissen.«

Mit jener Hand, die immer noch das Ginglas umklammerte, wies er in Richtung Tür, wo sich ein lauter Wortwechsel angebahnt hatte. Da der schmale Zwischenraum, der ihm vorübergehend irgendeinen Menschen oder Gegenstand enthüllt hatte – jenen Menschen oder Gegenstand, der das Problem darstellte –, sich bereits wieder geschlossen hatte, konnten wir anderen schwer erraten, wer oder was den Aufruhr ausgelöst hatte, denn nur diejenigen, die in unmittelbarer Nähe standen und nun peinlich berührt von einem Fuß auf den anderen traten, waren wohl in der Lage, jenem lautstarken Wettschimpfen zu folgen, von dem wir, die am Rande Stehenden, bloß ein unverständliches Echo vernahmen. Doch schließlich erspähten wir alle über dem pausenlos wogenden Meer von Köpfen gleichzeitig eine Reihe bunter Stacheln. Eingetroffen war, ob nun in Gesellschaft seines Herrn oder allein, Junior.

Béa forderte uns alle hastig zu einem Drink auf und lotste Oona, bei der sie sich einhakte, hinüber zur Bar, während Oliver und ich zurückblieben und uns in die Rolle der männlichen Hälfte eines Doppelrendezvous gedrängt sahen. Ich bemerkte, daß dem armen Oliver ganz wider Willen ein Anflug von Niedergeschlagenheit über das ziegelrote Gesicht huschte, welchen er jedoch, kaum hatte er registriert, daß er mir aufgefallen war, sogleich mit dem typischen herzlichen Allzwecklächeln eines Mannes von Welt ersetzte.

»So peinlich mir das ist«, sagte er, als wir uns hinüber in die andere Ecke des Raumes drängten, »aber wenn ich seinen Akzent richtig mitbekommen habe, ist dieser widerwärtige junge Raufbold Brite. Wie mag er wohl hier hereingekommen sein?«

»Keine Ahnung«, antwortete ich.

Nachdem sich dieses Gesprächsthema erschöpft hatte, fragte er mich: »Sie spielen Golf, nicht?«

Da ich noch immer herauszufinden versuchte, was sich bei der Tür abspielte, antwortete ich völlig mechanisch.

»Ja.«
»Tatsächlich?« sagte er, und seine Stimmung verbesserte sich merklich, als habe er von mir eine negative Antwort erwartet. »Na, so ein Glück! Wo spielen Sie denn?«
»Auf einem Golfplatz.«
Dies war, wie mir sogleich auffiel, nicht die korrekte Antwort.
»Was Sie nicht sagen!« meinte er schließlich. »Und was haben Sie für ein Handicap?«
»Handicap?« Ich gab vor, mir die Frage durch den Kopf gehen zu lassen, und murmelte dann geistesabwesend: «Zwei.«
»Zwei? Habe ich richtig gehört, Sie haben zwei gesagt?« Er starrte mich an. »Gütiger Himmel, das ist ja ... Na, das ist ja allerhand. Zwei, na so was.« Und er zwirbelte die eine Schnurrbartspitze so fest, daß ich Angst hatte, er mache einen Knoten hinein.
(Nun hatte ich tatsächlich einmal Golf gespielt, wenn auch vor vielen Jahren, als ich noch ein Teenager war. Mein Vater war eine Art Regionalmeister gewesen, wobei man sich unter »Region« die Kleinstadt Haslemere samt Umgebung vorstellen muß. Und als ich ihn einmal, da ich gerade nichts Besseres zu tun hatte, auf eine seiner Turnierrunden begleitete und Zeuge wurde, wie er – selbstverständlich ganz zufällig – ein *Hole in One* spielte, wobei der Ball eine Ewigkeit unschlüssig auf dem Metallrand des Lochs verharrte, bevor er den Sprung wagte, war ich plötzlich derart Feuer und Flamme für eine Sportart, in der Wunder nicht nur möglich, sondern, so glaubte ich zumindest, geradezu zwingend waren, daß ich, ganz entgegen meiner unsportlichen Natur, den Entschluß faßte, damit augenblicklich zu beginnen. Wie im Schach gibt es aber leider auch im Golf kein Anfängerglück. Die meiste Zeit verbrachte ich damit, im Dickicht den Schläger zu schwingen und darauf zu hoffen, der polierte dunkle Hartholzkopf werde endlich mit einem meiner vielen verschossenen Bälle zusammentreffen. Und nach acht,

neun Wochen und höchstens zwei zu Ende gespielten Runden über achtzehn Löcher trennten sich das Spiel und ich im gegenseitigen Einvernehmen. Ich erwähne dies bloß, um zu zeigen, daß ich hinreichend mit den Nuancen des Golfspiels vertraut war, um zu wissen, wie winzig klein ein Handicap von zwei Schlägen auf jeder Art von Golfplatz für den lediglich durchschnittlich talentierten Amateur war, der ich zu sein vorgab. Doch es war zu spät, um die Behauptung zurückzunehmen.)

Inzwischen waren wir an der Theke angelangt und bestellten unsere Drinks, einen Kir royal für Oona und Whiskys für den Rest. Eingeklemmt standen wir da, schützten die Gläser vor den kolbenartig ausgreifenden Schultern und Ellbogen unserer Nachbarn und versuchten uns mitten im Tumult verständlich zu machen. Oona monopolisierte weiterhin das Gespräch, doch von dem, was sie sagte, erreichten mich bloß Wortfetzen, denn mich beschäftigte in erster Linie, daß man Junior noch immer nicht aus dem Klubhaus entfernt hatte, obschon seine Stacheln nirgends mehr zu sehen waren. Das wiehernde Stimmengewirr von der anderen Seite des Raums schwappte nämlich noch immer lauter herüber, als dies unter normalen Umständen der Fall gewesen wäre.

Als ich mich nach ein paar Minuten wieder meiner eigenen kleinen Gruppe zuwandte, sprach man über einen Film, den sich Oona und Oliver vor kurzem am Fernsehen angesehen hatten, eine polnische oder tschechische oder russische Holocaust-Tragödie.

»Ganz sicher, er gehörte zu einer Trilogie«, sagte Oona, »wie hieß er noch gleich?« Und sie zermarterte sich sichtlich das Hirn, um den Titel zutage zu fördern, bohrte sogar einen Finger in die dick gepuderte Stirn, eine Geste, die gemeinhin auf intensive Gedankenarbeit schließen läßt.

»Er hieß *Straße ins* … *Straße ins* … Oliver, wie hieß der Titel des Films schon wieder?«

»Von welchem Film sprichst du denn, Schatz?« fragte Oliver, der mit den Gedanken ganz woanders war.
»Na, von dem, den wir bei Deborah gesehen haben. Du weißt schon. Über den bebrillten Bibliothekar, der ins KZ deportiert wird.«
»Ach so, hm – *Straße ins Nichts.*«
»Na, siehst du«, sagte Oona zu Béa. »Wußte ich doch, daß er *Straße* irgendwohin hieß. Meine Güte, ganz furchtbar traurig. Und dazu noch am Heiligabend«, fügte sie unergründlich hinzu. Und gerade wollte sie Béa offenbar die gesamte Filmhandlung erzählen – die Worte »säuisch« und »Viehwaggons« und »der Kommandant oder wie das heißt« schwebten um uns durch die Luft –, als sie mitten im Satz abbrach.
Unserer kleinen Gruppe näherte sich nämlich der majestätisch und sanft wie ein Luftkissenfahrzeug dahingleitende Rieti, der es irgendwie fertigzubringen schien, den Fußboden nicht zu berühren. Graziös bahnte er sich einen Weg durch die uns umgebenden Leute und blieb mit einem nahezu unmerklichen Lächeln auf den Lippen vor uns stehen. Eine rötliche Schwellung unter der Nase war der einzige Hinweis auf die ruppige Landung des Rolls', und Rieti nickte uns wohlmeinend zu und lächelte, lächelte unentwegt.
»Meine lieben, guten Leute«, sprach er uns gewohnt blumig an, wobei sein Blick nacheinander über all unsere Gesichter streifte. »Verzeihen Sie tausendmal, daß ich in eine so festliche Runde platze, doch ich sollte mich kurz mit Madame Cheret unterhalten. Eigentlich hätte ich unser Gespräch lieber in privatem Rahmen geführt und schickte den guten Junior her, um Madame just dies mitzuteilen. Zu meinem Verdruß hielten es die schnöden Funktionäre dieses Etablissements für angezeigt, ihn vor die Tür zu setzen, bevor er seinen Auftrag ausführen konnte.«
Oona, die offenbar ungern Zeit verschwendete, wenn es Klatsch zu hören gab, hatte sich vom ersten Schock bereits

wieder erholt und glaubte es nun nicht mehr nötig zu haben, zuerst vorgestellt zu werden.
»Junior?« meinte sie fragend. »Dann ist also der Bursche, dessen – dessen Haare wir sahen, Ihr Sohn?«
Rieti belohnte sie mit einem Blick, in dem sich Belustigung mit Abscheu paarte.
»Nein, Madame, ganz und gar nicht.« Und er fuhr fort: »Wir sind uns wohl noch nicht begegnet. Mein Name ist Rieti.«
»Oona Zinn.«
»Ich muß Ihnen sagen, Mrs. Zinn« – und wie von Oona prophezeit, brachte ihn ihr Name auch nicht eine Sekunde aus dem Konzept –, »ich muß Ihnen sagen, ich bin von Natur aus Junggeselle. Andererseits bin ich aber«, fügte er hinzu, »ein Junggeselle mit einem starken Vaterinstinkt. Bloß ziehe ich, in Ermangelung eigener Söhne, diejenigen anderer vor, wenn Sie mir folgen können.«
Falls Rieti meinte, was ich vermutete, dann bezweifelte ich ernstlich, daß Oona ihm folgen konnte, denn sie sagte bloß eifrig: »O ja, ja natürlich. Ich weiß genau, was Sie meinen.«
Rieti wandte sich nun dem Barkeeper zu und sagte: »Ach bitte. Einen Whisky, seien Sie doch so gut.«
»Mit Eis?« fragte dieser und schnappte sich irgendwo im Hintergrund ein Glas.
»Wenn Sie's einrichten könnten«, sagte Rieti, was vielleicht unverfroren gemeint war, vielleicht auch nicht: Jedenfalls blickte der Barkeeper gereizt auf, als er sich daran machte, den Drink einzugießen.
»Und was machen Sie, Mr. Rienzi?« fragte Oona.
»Mein Name ist Rieti, Madame, Rieti.«
»Rieti, selbstverständlich. Aber was genau machen Sie? Ich meine, womit verdienen Sie sich Ihren Lebensunterhalt? Aber vielleicht sind Sie ja so wohlhabend, daß Sie sich Ihren Lebensunterhalt gar nicht zu verdienen brauchen?«

»Nein, das ist leider nicht der Fall. Obschon ich es ähnlich gut getroffen habe – als Freund der Betuchten. Eines Mr. Nasr, um genau zu sein. Sie haben doch bestimmt schon von ihm gehört, oder? Nein? Ein libanesischer Gentleman – Sie würden ihn wohl als Industriellen bezeichnen, doch noch bekannter ist er als Kunstsammler.«

»Aha«, antwortete Oona und blickte Béa vielsagend an. »Langsam sehe ich den Zusammenhang. Lebt er in Frankreich, Ihr Mr. Nasr?«

»Nein, nein, überhaupt nicht. In Kent. In einem bezaubernden alten Haus.«

»Er ist wohl sehr reich?«

»So reich, Madame«, meinte Rieti verträumt, »daß er sich Leute hält, die ihm die Daumen drehen.«

»›Hält sich Leute, die ihm die Daumen drehen‹ – ach, köstlich!« rief Oona. »Sie sagen, er lebe in Kent? Und wo genau liegt denn dieses Haus in Kent? Ich habe Freunde in Ashford – Franzosen«, fügte sie an Béa gerichtet hinzu, als würden diese nur schon dadurch interessanter für sie, »die Larsonneurs, du kannst dich bestimmt noch an sie erinnern« – Béa schüttelte den Kopf –, »na ja, jedenfalls wohnen sie in Ashford, das heißt, ein bißchen außerhalb von Ashford. Das liegt in Kent. Vielleicht« – erneut an Rieti gewandt – »sind Sie ihnen schon einmal begegnet?«

»Nein, Madame«, erwiderte er. »Ich begegne heutzutage keiner Menschenseele mehr. Wissen Sie, das Haus meines Mr. Nasr befindet sich im Nirgendwo. Es liegt auf dem Land. Mehr läßt sich darüber nicht sagen. Und genau das macht für Nasr auch dessen Charme aus – und für mich ebenfalls, wie ich vielleicht hinzufügen darf. Vielen Dank.« (Die letzten Worte richteten sich an den Barkeeper, der ihm soeben den Whisky gereicht hatte.)

»Haben Sie nie Gesellschaft im Haus? Wochenend-Partys?«

»Abermals nein, Madame. Proust ist meine einzige Gesellschaft. Und Sie alle werden mir bestimmt darin beipflichten, daß das für jedermann mehr als genug ist.«
Oona nickte unsicher, und ein unmerkliches Glühen sprenkelte ihre Wangen. Dann tat sie, was sie wohl immer tat, wenn das Gespräch sie zu stark forderte. Sie wechselte das Thema.
»Sie reisen wohl regelmäßig nach London?«
»Höchst unregelmäßig. So unregelmäßig wie menschenmöglich. Und selbst dann einzig aus geschäftlichen Gründen. Sie haben einen Eremiten vor sich, einen Einsiedler aus freien Stücken.«
»Aber vermissen Sie die Welt denn nicht? Die Restaurants, die Theater, die Läden?«
Ich sah, wie über Rietis Gesicht eine gar nicht so heimliche Schadenfreude huschte, und stellte fest, daß er wie ein Alleinunterhalter, dem ein hartnäckiger Zwischenrufer endlich und wie durch ein Wunder in die schon längst gestellte Falle getappt ist, die perfekte Retourkutsche genau für eine solche vom Himmel gesandte *réplique* bereithielt.
»Für mich, Mrs. Zinn«, sagte er, »ist die Welt wie New York. Ein hübscher Ort, um Urlaub zu machen, gewiß, aber leben möchte ich dort nicht.«
»Zum Schießen!« meinte Oona und kreischte blechern auf. »Meine liebe Béa, was für ein Fund! Wie *machst* du das nur?«
Und nun, da sie sich zweifellos beglückwünschte, weil sie zum Erfolg unseres kleinen Treffens erheblich beigetragen hatte, indem sie eine Perle herausgekitzelt, wenn schon nicht selbst erzeugt hatte – was eindeutig nicht ihre Stärke war –, eine Perle, die das Gespräch zum Erliegen gebracht hatte, hielt sie sich offensichtlich für legitimiert, vorübergehend zu verstummen und einem von uns die Chance zu geben, selbst zu brillieren.
Das Schweigen wurde schließlich von Oliver gebrochen.
»Sie spielen Golf, nicht?« fragte er Rieti.

»Golf?« sagte Rieti, der bedächtig an seinem Whisky nippte und Béa über den Rand des Glases ansah. »Selbstverständlich nicht.«
»Wir könnten eine Runde zu viert spielen«, fuhr Oliver unerschrocken fort. »Die Schläger könnten Sie hier mieten. Ist gar nicht teuer.«
»Ich bin nicht zum Golfspielen hergekommen«, entgegnete Rieti, als könne nur ein Kretin glauben, ein Mensch seines Kalibers treibe sich in der Nähe eines Golfplatzes herum, um tatsächlich diesen Sport auszuüben. »Wie gesagt, ich möchte mich kurz mit Madame Cheret unterhalten, sofern sie etwas Zeit für mich erübrigen kann. Zufälligerweise betrifft das Schwätzchen, das wir halten werden, just unseren Mr. Nasr. N'est-ce pas, madame?«
Béa stand ruhig da und ließ die zwei oder drei geschmolzenen Eiswürfel in ihrem fast leeren Glas klimpern, Eiswürfel, die in den verbliebenen Whiskyfond gepinkelt hatten, welcher nun abstoßend urinfarben war. Dann blickte sie zu dem bis zur Decke reichenden Fenster auf der anderen Seite hoch, einem Fenster, durch das ein steiler Sonnenstrahl fiel und das Haar am Hinterkopf aller in seiner Nähe stehenden Gäste mit einem Heiligenschein umgab, und sagte: »Ach, wir haben ja noch endlos Zeit zum Plaudern. Eine Runde Golf wäre doch eine prima Idee. Guy, du und ich gegen Oona und Oliver, na? Rieti, kommen Sie doch einfach mit. Ein bißchen frische Luft wird Ihnen nur guttun.«
»Was mir guttun würde, Madame Cheret …« hob er an. Doch offensichtlich spürte er, daß er im Moment keinen Einfluß auf den Verlauf der Unterhaltung hatte, weshalb er neu ansetzte. »Was mir guttun würde, ist ein Kaffee. Bin ich erst gestärkt, begleite ich Sie mit Vergnügen auf jede Landpartie, die Sie sich für uns ausdenken mögen. Vorausgesetzt natürlich, wir haben am Schluß unser kleines Tête-à-tête.«

»Wir werden unser Tête-à-tête haben, Rieti, versprochen.«
»Nun gut«, sagte er zu Oona. »Kann man in diesem Klub denn einen Kaffee bekommen?«
»Aber natürlich, sehen Sie doch nur.« Sie zeigte hinüber zu einer langen Tischplatte, die man unter dem Fenster auf Böcke gelegt hatte und hinter der eine Frau mittleren Alters stand, die an ihrem geblümten Kleid ein Namensschild trug. Auf dem gestärkten Leinentischtuch standen eine große silberne Kaffeekanne und daneben eine Dreierreihe schlichter weißer Porzellantassen.
»Ich muß Sie allerdings warnen, Monsieur Rieti«, fuhr Oona fort. »Der Kaffee ist hier ziemlich geschmacklos. Man gibt sich nicht sehr viel Mühe damit.«
»Ich trinke Kaffee ja auch nicht des Geschmackes wegen, meine Teuerste. Er ist mein Benzin, mein Treibstoff.«
»Ach ja«, erwiderte Oona selig lächelnd. »Wie recht Sie doch haben!«
Und da dieser kleinen Demonstration von Eintracht nichts hinzuzufügen war, begaben wir uns alle zum Tisch mit dem gestärkten weißen Tischtuch.

Als Oliver, der von seiner Gattin in die Gastgeberrolle gedrängt worden war, unsere Kaffees bezahlt hatte, marschierten wir ins Klubhausbüro, wo Béa und ich zwei Taschen mit reichlich heruntergekommenen alten Golfschlägern mieteten. Das Geschehen beim ersten und auch beim zweiten Loch entsprach in etwa meinen Erwartungen. Oliver, bei weitem der beste Spieler, schlug in so gerader Linie ab, als wäre der Ball ein von einer Bogensehne schnellender Pfeil. Weder verpaßte Oliver beim Einlochen eines kurzen Balls sein Ziel, noch riß er uns zu Begeisterungsstürmen hin, indem er einen unanständig langen Ball versenkte, und so spielte er die beiden Löcher mit hochanständigen neun Schlägen zu Ende. Oona war weniger ausgeglichen, dafür um so waghalsiger und hielt sich für einen längeren Ausflug ins Rough auf der ersten Spielbahn mit drei Schlägen auf der zweiten schadlos. Béa war eine merkwürdige Spielerin. Seelenruhig legte sie den Ball auf den Aufsatz, zog einen Schläger aus der Tasche und achtete kaum darauf, ob es auch der passende war, sondern sah beiläufig in die Ferne, schwang den Schläger aus dem Handgelenk heraus nach hinten und schlug den Ball weg, als sei dieser etwas Ekelhaftes, das sie augenblicklich aus ihrem Gesichtsfeld zu verbannen wünschte. Der Ball stieg hoch und verschwand im Nichts – und plötzlich, jawohl, tauchte er wieder auf und rollte den Hang hoch, der sanft zum Grün hin anstieg, obwohl er es dann doch nicht bis ganz oben schaffte. Ich dagegen wirkte auf die anderen, aber auch auf mich hundertprozentig wie der nackte Anfänger, der ich so augenscheinlich war. Und schon bald kam Oliver, wie mir schnell klarwurde – allein schon wegen seines Blickes auf meinen linkisch unkonventionellen Griff – zum Schluß, daß mein tolldreist verkündetes Handicap von zwei Schlägen nichts als alberner Hokuspokus gewesen war.

Vielleicht hätte ich trotzdem besser abgeschnitten, wäre mir nicht die Frage nachgegangen, wie sich unsere Lage verbessern ließe, falls dergleichen im Moment überhaupt möglich war. Rieti, der mit seinem schwarzen Seidenmantel eine unpassende Figur auf dem Platz abgab, begann Béa und mir überallhin nachzustellen, wo wir gerade hin mußten, gegebenenfalls auch bis tief ins Rough. Oder dann steuerte er, wenn Béa und ich aufgrund der Unwägbarkeiten des Spiels gerade in entgegengesetzte Richtung davontrotteten, wie ein Schäferhund auf einen Punkt zu, der genau in der Mitte von uns beiden lag. Und während einer solchen Suchexpedition – ich bemühte mich gerade, meinen Ball aus einem Nesselgewirr zu befreien – sah ich beim Aufschauen Junior, der jede meiner Bewegungen verfolgte, ohne daß ihm aber der spindeldürre

Baumstamm, hinter dem er sich unsichtbar wähnte, irgendwelche Deckung bot.
Am dritten Loch kamen die Dinge schließlich ins Rollen. Als wir auf den Golfplatz gekommen waren, hatte mich Oliver noch hochherzig mit den Ratschlägen eines alten Hasen versorgt. »Achten Sie auf die heimtückische Kurve beim zwölften …« riet er mir etwa oder: »Ich bin sicher, das siebzehnte macht Ihnen Spaß …« Doch im folgenden bedurfte es wie gesagt nur weniger stümperhafter Fehlschläge, bis er nicht länger vorheuchelte, mit einem Ebenbürtigen zu spielen, mit jemandem, der wußte, wovon er sprach. Von da an fand er sich klaglos und mehr oder weniger stillschweigend damit ab, daß er sich mit seinen eigenen früheren Bestleistungen messen mußte und nicht mit Béa oder mir. Und so schlug er denn am dritten Loch ab, ohne mit einem von uns ein Wort zu wechseln, als wäre er ganz allein auf dem Platz. Aber diesmal geriet ihm sein Abschlag etwas schräg, der Ball wurde vom Wind erfaßt und neigte sich prompt nach links, doch bedachte man Olivers mittelmäßiges, mittelprächtiges Glück, landete jener bestimmt an keiner allzu unzugänglichen Stelle. Ich war als nächster dran. Beobachtet von Rieti, der sich in der Brise eine Zigarre anzuzünden versuchte, und von den beiden Frauen – der in sich gekehrten Béa und der ihre Wangen pudernden Oona, welche die Puderdose nun so markerschütternd laut zuklappte, daß ich mich hätte aus dem Spiel bringen lassen, wäre da ein Spiel gewesen, aus dem ich hätte gebracht werden können – stand ich mit gespreizten Beinen vor dem Ball, der auf seinem Aufsatz kauerte, schwang meinen Schläger, so gut ich konnte, und wußte, ohne mir das Zusammentreffen der beiden ansehen zu müssen, daß das Krachen, das sie erzeugten, jene Art Krachen, das man in seinem Körper vernimmt, wenn man sich einen Arm oder ein Bein bricht, für den Flug des Balles über die Spielbahn nichts Gutes verhieß. Und tat-

sächlich hob ihn der Wind mit verspielten Fingern hoch und trieb ihn auf die Seite, woraufhin er in vollem Lauf landete, hart und rasend schnell einmal aufsprang, um in einem dichten Wäldchen auf jener Seite des Golfplatzes zu verschwinden, die der Klippe am nächsten lag.

Der Klippe am nächsten ... und hinter der Klippe, so ging mir plötzlich auf, lagen Küstenstraße und Meer. Oliver befand sich schon auf dem Weg zum Grün. Oona, die nun an der Reihe war, schenkte weder Béa noch mir Beachtung, sondern stand breitbeinig vor dem Aufsatz, blickte erst in die vor ihr liegende Landschaft, dann auf den Ball, dann wieder in die Landschaft, dann auf den Ball. Rieti mühte sich noch immer mit seiner störrischen Zigarre ab, die sich, kaum erfüllte sie Leben, selbst wieder ausblies.

Jetzt oder nie, sagte ich mir. Eine solche Gelegenheit bot sich mir womöglich kein zweites Mal. Mein Herz raste beängstigend, als ich mich anschickte, mein Glück zu versuchen, welches mir offenbar das Glück selbst mittels eines Zufallswurfes menschlicher Würfel darreichte.

Ich sah zu Béa hin und flüsterte so laut, wie ich mich getraute: »Béa! Béa!«

Sie wandte sich um. Mit einem energischen Kopfnicken zeigte ich in Richtung Wäldchen. »Lauf, Béa, lauf!« sagte ich leise und vertraute darauf, daß sie mich im Gegensatz zu Rieti hören konnte.

Sie hörte mich. Zuerst im Schrittempo und dann immer schneller begannen wir getrennt auf das Wäldchen zuzugehen. Wir sahen uns beide nicht um, und hinter uns ließ auch kein tadelndes Knurren vermuten, daß Rieti aufgefallen wäre, wie wir uns klammheimlich von der Bühne stahlen. Erst zwanzig oder dreißig Sekunden später hörten wir Oona, die soeben abgeschlagen hatte, laut rufen: »Béa? Béa, wo gehst du hin?«

Uns war bewußt, daß der Klang ihrer Stimme gewiß auch Rieti endlich vom Rohrkrepierer seiner Zigarre hatte aufblicken lassen, weshalb unser Schlendern nun in ein unverkennbares Laufen überging. Nur noch undeutlich hörte ich Oona in einem Ton zänkischer, pikierter Vernünftigkeit sagen: »Mr. Rieti, ich möchte wirklich nicht neugierig sein, aber irgend etwas stimmt doch nicht mit Ihnen und ...« – der Rest verlor sich im Wind. Als Béa und ich auf die Klippe zueilten, deren Abhang wie das Ende der Welt knapp dreihundert Meter vor uns winkte, wandte ich schließlich den Kopf, um zu sehen, was sich abspielte. Rieti war ebenfalls losgerannt, und auf der anderen Seite des Platzes hatte Junior sein Versteck verlassen und beeilte sich, ihn einzuholen. Bloß der arglose Oliver, der allein voranschritt und den lauschigen grünen Mittelgang der Spielbahn bereits halb hinter sich hatte, war für das, was um ihn herum vorging, blind und taub.
Wir brauchten ein paar Minuten, bis wir wieder bei jenem Stacheldrahtzaun waren, durch den wir uns vor kaum einer Stunde hatten winden müssen. Da nun für betuliche Vorsicht keine Zeit mehr blieb, gingen wir ihn frontal an. Ich stieß Béa als erste hinein und hielt ihr nicht einmal die Drähte auseinander. Als ich mich selbst hindurchwand, ging beim letzten ungestümen Ruck die bereits angerissene Klappe an meiner Jacke noch ganz ab und blieb an einem besonders tückischen Knoten hängen, der hinterhältig nach mir zu schnappen schien. Aus einiger Distanz begutachtete eine Wildziege unser Vorwärtskommen mit mildem, kauendem Interesse.
Während unseres Abstiegs war ich mir mehr als einmal sicher, daß Béa und ich gleich kopfüber in die Tiefe stürzen würden: Unversehens überraschte uns eine glitschige und sumpfige kleine Schräge, noch durchnäßt vom letzten Regen. Oder wir verfingen uns mit den Füßen in dichtem Gestrüpp. Oder dann landeten wir auf einem buckligen und moosbedeckten rutschi-

gen Felsen mit eben jenem entnervenden dumpfen Schlag, mit dem man, noch eine weitere Stufe erwartend, den Fuß am Ende einer unbeleuchteten Treppe aufsetzt. Wir rannten Hals über Kopf hinunter, prüften nach Möglichkeit, was wir unter den Füßen hatten, ob dies nun ein schmaler Sandpfad war, der auf beiden Seiten in anarchischer Üppigkeit von Disteln und Löwenzahn gesäumt wurde, oder aber, dies allerdings erst weiter unten, ein durchgehender Abhang, der uns dazu ermunterte, in furchterregendem Tempo loszuhetzen, ohne daß wir die Möglichkeit gehabt hätten, den Lauf noch zu bremsen, nachdem wir ihn einmal begonnen hatten. Doch erst im allerletzten Abschnitt, als wir schon fast am Ziel waren, stürzten wir tatsächlich, nachdem wir auf einem schwarzen, achteckigen, von Flechten überwucherten und tief im Erdreich steckenden Felsbrocken zusammenprallten. Und obwohl es sich um den Sturz eines kleinen Schuljungen handelte, der bloß blutige Knie und aufgestoßene Ellbogen zur Folge hatte, kniff ich für eine knappe Sekunde der Panik die Augen fest zu und sah mich in ein anderes Unglück versetzt, in einen anderen Sturz, sah abermals den Bogen der Bäume, den Schneemann auf dem Acker und Ursulas zerschmettertes Gesicht.

Als wir uns wieder aufrappelten, blickten wir genau gleichzeitig zurück. In der Nähe des Gipfels bewegten sich Rieti und Junior über einen diagonal abfallenden Hang, wobei Rieti sich an eine der Ketten von Juniors Punkkluft klammerte, während Junior ihm bei jedem Schritt in die Tiefe beistand. Wir sahen, wie er sich immer genau eine Stufe unter Rieti stellte, um ihn schnell in die Arme schließen zu können, wie ein Vater, der seinen kleinen Knirps auffängt.

Doch plötzlich hielten die beiden in ihrer Anstrengung inne. Aus unerfindlichen Gründen ließ sich Rieti nicht in Juniors wartende Arme fallen, sondern blieb stehen, vermutlich auf einem kleinen morastigen Plateau. Er beobachtete, wie wir zu ihm hochsahen. Obschon ich sein Gesicht nicht erkennen konnte – genausowenig wie er Béas oder meines –, gelang es unseren Augen doch, über den ganzen weiten Abhang hinweg Blickkontakt miteinander aufzunehmen. Einen lähmenden Moment lang – und obwohl der Rolls nur wenige Meter von uns entfernt stand – bewegten weder Béa noch ich einen Muskel. Dann hielt Rieti den rechten Arm in einem Winkel von neunzig Grad vom Körper weg, und ich betrachtete mit Interesse, wie seine Hand einen unförmigen schwarzen Gegenstand in der Art eines Mobiltelefons umklammerte. Als ich noch hinstarrte und mich fragte, worum es sich bei diesem Gegenstand handeln könnte, detonierte er aufflammend, und ein Blitzstrahl traf meine linke Schulter.

Ich verlor das Bewußtsein – wenn auch kaum länger als ein paar Sekunden, denn als ich zu mir kam, stand ich weiterhin auf torkelnden Beinen, während Rieti noch genau dort stand, wo er bereits gestanden hatte, bevor mir schwarz geworden war. Doch meine Schulter fühlte sich scheußlich an, wie Gummi, und eine Flüssigkeit, bei der es sich einzig um mein Blut handeln konnte, schlängelte sich bereits in einem Bächlein zu meiner Achselhöhle hinunter. Béa stand aschfahl neben mir, packte mich an den Ellbogen, und ich hörte sie etwas sagen wie: »O Gott, o Gott, o Gott, dich hat's erwischt!«

Mich selbst hörte ich antworten: »Es ist nichts, es ist nichts, es ist bloß eine Fleischwunde.« Die Worte kamen mir quallig und geronnen aus dem Mund, denn meine Oberlippe war so steif, als wäre sie eingeschläfert worden. Obwohl ich wußte, daß das unklug war, konnte ich der Versuchung doch nicht widerstehen, einen Finger in das Loch zu stecken, das die Kugel in meine Jacke gerissen hatte. Der Schmerz war so entsetzlich, daß meine Augen tränten, doch selbst einem auf diesem Gebiet so unerfahrenen Menschen wie mir war sofort klar, daß die zähe fleischige Masse, die ich unter meinem Hemd spüren konnte, nichts als eine oberflächliche Verletzung war.

»Guy – kannst du gehen?« fragte Béa bange.

»Ja ... ja, natürlich«, antwortete ich. »Es tut höllisch weh, aber es ist wohl tatsächlich bloß eine Fleischwunde.«

»Dann nimm meinen Arm. Schnell – wir müssen hier weg.«

Mit unendlicher Kraftanstrengung schaffte ich es schließlich bis zum Wagen, und mein verrücktes Hinken stellte den schwachen Versuch dar, jenen Kugeln auszuweichen, die Rietis Revolver allenfalls noch in petto hatte – doch offensichtlich war dem nicht so. Und nachdem der schief dastehende Rolls ein bißchen gerotzt und gespuckt hatte und sich auf diese Weise verzweifelt die Kehle frei zu machen suchte, waren wir weg.

Nun befanden wir uns auf dem allerletzten Teilstück und waren nach meiner Schätzung allenfalls noch zwanzig Kilometer vom Mont Saint-Michel entfernt. Da unterwegs keine Möglichkeit bestand, einen Arzt aufzusuchen, und Béa ohnehin dagegen war, daß ich mich, bevor sich das Gemälde wieder in ihrem Besitz befand, wegen meiner Verletzung einer peinlichen Befragung unterzog, beschlossen wir, an unserem ursprünglichen Plan festzuhalten. Inzwischen holte sie die einzige noch verbliebene Zigarette aus der Schachtel im Handschuhfach, bügelte die Knicke mit einer zweideutigen Geste von Daumen und Zeigefinger aus und reichte sie mir schließlich, nachdem sie selbst einen langen, bedächtigen Zug genommen hatte. Ich hatte das Gefühl, sie überschreite das Tempolimit und fahre jedenfalls schneller als zuvor. Der Tachometer belehrte mich jedoch eines Besseren.

Obwohl die Blutung offensichtlich aufgehört hatte, schmerzte meine Schulter noch immer heftig, mein Kopf aber noch weit mehr. Das Schlimmste jedoch war, daß das Kopfweh nicht länger ein allgemeines Schmerzgefühl war, sondern sich unangenehm an einem Punkt oberhalb der rechten Augenbraue eingenistet hatte, welcher so empfindlich war wie bei einer Migräne.

Gerade als der Verdacht in mir hochstieg, ich könnte Fieber haben, fiel mein Blick auf den Küstenabschnitt vor uns. Ein paar hundert Meter weiter vorn bog ein Spazierweg, neben dem wir schon fast die ganze Strecke hergefahren waren und der die Küstenstraße selbst von einem Kamm schartiger schwarzer Felsen abtrennte, in einen noch schmaleren Pfad, welcher wiederum nach ein paar hundert Metern abrupt in das gewellte Meer hinausragte wie ein Pier. Am Ende dieses Pfades war ein verwunderlicher, verkümmerter Pfeiler oder Turm zu sehen, dessen Form genau die eines erigierten Penis war. Er hatte zwei schlitzartige Fenster auf der uns zugewandten Seite, das eine in der Nähe des an eine Kulimütze erinnernden Daches, das andere praktisch auf Bodenhöhe. Dieses Fenster lag in der Tat so weit unten, daß ich mir nicht einmal sicher war, ob es sich überhaupt um ein Fenster handelte, hätten doch die Bewohner des Turmes, wer immer diese sein mochten, auf allen vieren herumkriechen müssen, um überhaupt hinausblicken zu können. Und mich beschlich, wie bereits ein- oder zweimal zuvor, ohne daß ich aber die Zeit oder die nötige Konzentration gehabt hätte, mich an das Wo oder Wann zu erinnern, das Gefühl, daß ich all das schon einmal irgendwo gesehen hatte, daß mir das quadratische Mauerwerk mit seiner brütenden phallischen Gegenwart irgendwie bekannt war. Es war mir weder neu noch vertraut. Vielmehr war es so, als fühlte ich mich inzwischen gerade mit seiner Unvertrautheit vertraut.

Dann war das Ganze verschwunden. Ich zögerte lange, bevor ich Béa gegenüber besagtes Gefühl anzusprechen wagte, denn ich wollte nicht zuviel Aufhebens von etwas machen, das vielleicht bloß eine Fieberphantasie der mannigfachen mich weiterhin bedrängenden Schmerzen war. Tatsächlich wartete ich, bis der Turm vollkommen außer Sicht war, und hob erst dann zu sprechen an: »Béa, ich …«

Doch es war zu spät. Wir hatten uns bereits von der Küste entfernt und fuhren landeinwärts. Nun war vom Meer nichts mehr zu sehen. Wir kamen durch eines jener ausgestorbenen Nester Nordfrankreichs, die ebenso ununterscheidbar sind wie die zahllosen kleinen Orte, die das amerikanische Hinterland sprenkeln. An der verlassenen Durchgangsstraße erblickte ich ein menschenleeres Café, das genausogut offen oder geschlossen sein mochte, eine Gemischtwarenhandlung, in deren miefigem und antiquiertem Schaufenster ein wilder Haufen von altmodischen Mädchenkleidern, bunten Wollknäueln, Porzellannippes und billigen Plastikspielsachen, die bestimmt kein Kind je begehrt hatte, ausgestellt war, sowie einen häßlich hingeklotzten Supermarkt, dessen ohnehin barbarisch anglisierter Name durch einen überflüssigen Apostroph vor einem *s* noch verschlimmert wurde, welcher am Rande meines Gesichtsfelds wie ein Staubkorn im Augenwinkel kratzte. Sah man von drei geparkten Autos ab, fehlte auf der Straße, die durch das Dorf und aus ihm hinausführte, jede Spur von Verkehr. Und erst nach mehr als einem Kilometer sagte Béa plötzlich zu mir: »Sieh nur, Guy.«

Dort am Horizont war der Mont Saint-Michel – er stieg, wie es mein Reiseführer poetisch ausgedrückt hatte, aus dem Meer »wie die Antwort auf ein Gebet«. Ich hatte vom Mont Saint-Michel schon Hunderte von Bildern gesehen, und seine Konturen waren mir so vertraut wie zu Hause die der Baptistenkirche am Ende meiner Straße. Doch dies war eines jener Wahrzeichen, die zwar zum hoffnungslosen Klischee verkommen sind, aber nie ganz die Fähigkeit einbüßen, einen in Erstaunen zu versetzen, kaum befindet man sich tatsächlich dort, unmittelbar davor, und läßt sich sozusagen von ihrer Sphäre umfangen. Die eigene Verwunderung speist sich gerade aus dem *Dortsein.* Nicht daß *sie* dort sind, sondern daß *man* dort ist.

Hinter dem Mont Saint-Michel war nichts – nichts als ein kahler, unausgefüllter Hintergrund, eine schimmernde, horizontlose Leere, die das Vorhandensein eines weder zu hörenden noch zu sehenden Ozeans hinter der Bühne verriet. Folgerichtig schien der Mont, solange wir auf ihn zufuhren, nicht aus dem Meer, sondern aus der Erde, ja geradezu aus Frankreichs Scholle zu steigen, und die Aussicht, die sich uns auf der Fahrt durch diesen Landstrich bot – der derart gepflegt und grün und geometrisch war, daß er eher der topographischen Karte einer Region als der Region selbst entsprach –, erinnerte mich an eine Fotografie, die man mir einst als Kind geschenkt hatte und auf der ein Öltanker durch den Sueskanal glitt, eine Fotografie, die aus derart trickreicher Perspektive aufgenommen worden war, daß die Illusion entstand, ein Schiff pflüge durch staubige gelbe Kornfelder. Die Straße vor uns war einigermaßen gerade und die Landschaft auf beiden Seiten flach und tief. Als wir unserem Ziel näherkamen und schließlich den Deich erreichten, der uns hinüberbringen sollte, und das ganze monströse Bauwerk vor uns aufzuragen begann, von den hochstrebenden Kugelschreiberspitzen seiner Türme bis zu dem mit Fledermausflügeln ausstaffierten Erzengel, welcher den höchsten aller Türme krönte, wurde unser ganzer Instinkt für Distanz und Raum verwirrt.

Erst als wir den Deich tatsächlich überquerten, entdeckte ich einen weniger monolithischen Mont Saint-Michel. Aus der Nähe betrachtet verwandelte er sich in ein bloßes Monument, eine Touristenfalle unter vielen auf diesem Planeten, und der einzige Unterschied bestand darin, daß hier die Touristen, die

durchaus dieselben sein mochten wie jene, denen ich vor zwei Tagen in Saint-Malo begegnet war, in ihrem unaufhörlichen Kreislauf der Wiederkehr gefangen zu sein schienen. Durch die Windschutzscheibe des Rolls' sah ich, wie sie die krummen Straßen und Treppen der Insel hochstiegen, hoch, hoch, hoch zur Abtei – und trotzdem wie durch ein Wunder immer wieder dort, exakt auf derselben Stufe auftauchten, von der sie ausgegangen waren, und so den Kreis oder auch die Spirale schlossen wie die drolligen Figürchen in einem von Eschers Phantasiebildern über paradoxe Kreisläufe.
Ich wandte mich Béa zu.
»Du behauptest, Sacha habe hier ein Atelier. Aber auf dem Mont Saint-Michel *wohnt* doch kein Mensch?«
»O doch. Nicht sehr viele, vielleicht hundertfünfzig Leute. Sie heißen Miquelots oder Montois oder so ähnlich. Sacha hat das Atelier von seinem Vater geerbt, der sein ganzes Leben wie ein Einsiedler darin gewohnt hat.«
»Seltsam, daß sich ein Einsiedler einen solchen Wohnort aussucht, nicht wahr? Eines der berühmtesten Monumente der Welt?«
»Du kennst den Mont Saint-Michel eben nicht. Ich kann dir nicht sagen, woran es liegt, Guy, aber dieser Ort ist auf seine Art sowohl offen wie sehr, sehr verschlossen, du wirst schon sehen.«
Eine Minute später hatten wir den Deich überquert und fuhren auf einen Parkplatz, auf dem bereits unzählige Autos in symmetrischen Reihen standen. Jetzt, da jener doppeldeutige und gewissermaßen herbstliche Moment des Spätnachmittags gekommen war, in dem die eine rote Kugel, die man am diffusen Himmel sah, sowohl eine verspätet untergehende Sonne als auch ein frühzeitig aufsteigender Mond sein konnte, schwärmten die meisten Besucher des Berges auf den Parkplatz, und zwar durch ein hohes Granittor in der Außenmau-

er, das den einzigen Ein- und Ausgang darstellte. Und von dort machte ich mich nun mit Béa zu Fuß auf den Weg.
Wir gelangten auf einen kleinen gepflasterten Hof. Traten dann durch ein zweites Tor auf einen zweiten Hof und dann durch ein drittes und letztes Tor, welches uns in die steile und gewundene Hauptstraße des Mont hinausführte. Béa nahm sogleich diese Straße in Angriff, deren Häuser durch Alter und Verfall so windschief waren, daß sie aus ihren eigenen Fenstern zu lehnen schienen. Es gab Souvenirläden und Pizzerias und weitere Souvenirläden, doch während des Aufstiegs erblickte ich auf der linken Straßenseite auch La Mère Poularde, was mich wieder an Rieti und Junior denken ließ. Als wir bergauf gingen, kam die Abtei, nachdem sie dem Blick vorübergehend entzogen war, plötzlich wieder in Sicht und richtete sich zu voller Größe auf, und die schiefergrauen Ziegel des höchsten Turmes wirkten im schwächer werdenden Sonnenlicht ganz ausgebleicht.
Anstatt nun die mittlerweile beleuchtete Treppe zur Basilika hochzusteigen oder uns jenen umherschweifenden letzten Besuchern auf dem Weg nach oben anzuschließen und dabei den weitaus zahlreicheren anderen auf dem Weg nach unten zu begegnen – welche die Wallfahrt allem Anschein nach keinen Deut klüger gemacht hatte –, bog Béa nach einem armseligen Rasenstück in ein stinkendes Gäßchen ein, welches so beengend und beklemmend war, daß wir mit den Schultern regelrecht gegen die Mauern scheuerten. Am anderen Ende traten wir auf ein menschenleeres mittelalterliches Plätzchen, das von einem elegant verfallenen Gebäude dominiert wurde, über dessen Türeingang eine Straßenlaterne aus dem achtzehnten Jahrhundert mit regelmäßigem und leise wiederkehrendem Knarren schaukelte. Béa blieb davor stehen.
»Sachas Atelier liegt im obersten Stock dieses Hauses«, sagte

sie ruhig. »Ich weiß, Guy, daß du nicht einverstanden bist, aber ich muß allein mit ihm sprechen.«
»Kommt nicht in Frage«, entgegnete ich. »Bis hierhin haben wir alles gemeinsam getan, und jetzt willst du plötzlich den schlimmsten Teil des Ganzen, den Höhepunkt, allein meistern. Das kommt nicht in Frage. Entweder gehen wir miteinander hinein oder überhaupt nicht.«
»Sei doch vernünftig. Allein komme ich mit ihm klar, ich weiß das. Du vergißt eines: Das Problem bist du. Wenn du darauf bestehst, mit mir hineinzugehen, kann weiß Gott was passieren – uns, aber auch dem Bild.«
»Dann erklär mir bitte, wieso ich überhaupt hier bin.«
»Das war deine Entscheidung, Guy, nicht meine. Ich brauche dich noch – aber nicht jetzt, nicht im Moment. Ich muß in sein Atelier hineinkommen, und das schaffe ich bloß, wenn du hier unten bleibst.«
Ich murmelte schwach protestierend ein paar Worte, kannte Béa jedoch gut genug, um zu wissen, daß man nicht gegen sie ankam, wenn sie sich erst einmal entschieden hatte.
Sie drückte einen Knopf in der Mauer, worauf sich die Haustür des Gebäudes automatisch öffnete. Der düstere ebenerdige Eingang, von dem ich einen Blick erhaschte, als sie hineinschlich, verströmte einen undefinierbaren, vermutlich aber katzenartigen und in jedem Fall anstößigen Geruch. Béa ging durch den Korridor davon, wandte sich nach rechts und entschwand. Ich lauschte gebannt, als sie eine kurze Holztreppe hochstieg. Das knarrende Decrescendo ihrer Schritte entfernte sich und ging beim Treppenabsatz im ersten Stock genau vier Schritte lang in den dumpfen Klang eines Fliesenbodens über. Dann stieg sie erneut hoch, allerdings immer leiser werdend, und vom zweiten Stock an geriet sie ganz außer Hörweite. Es trat völlige Stille ein. Ich versuchte mich damit abzufinden, draußen warten zu müssen, und behielt den Fuß in die Tür

geklemmt. Schließlich trat ich ein, da ich die Spannung keine Sekunde länger aushielt, und ließ die Tür hinter mir zuschlagen. Im Korridor roch es feucht nach Katzenurin, und die Wände stellten das schäbige Fleckenmuster der Vernachlässigung zur Schau. Als ich aus der Tiefe des Erdgeschosses hinaufspähte, erblickte ich ganz oben im Treppenhaus und bereits kurz vor dem dritten und letzten Absatz einen nervös vorbeihuschenden Schatten. Ich konnte gerade noch einen letzten Schritt vernehmen, dem ein schabendes Geräusch folgte, als hole jemand vor einer unumstößlichen Tat noch einmal tief Luft, und diesem Geräusch folgte abermals Stille. Dann ein fast unhörbares Pochen.

Keine Antwort. Das Pochen nahm an Lautstärke zu. Prüfend wurde an einem Türknauf gerüttelt. Ich lauschte, als dieser zuerst in die eine und dann – völlig sinnlos, wie Béa bestimmt wußte – in die andere Richtung gedreht wurde. Doch keine Tür ging auf.

Ich hörte Béas Stimme: »Sacha? Sacha?«

Stille.

»Sacha!«

Erneute Stille, abgesehen vom leisen und beharrlichen Pochen.

»Sacha, c'est moi. C'est Béatrice. Laisse-moi rentrer, s'il te plaît. *S'il* te plaît.«

Ich mußte mich immer mehr anstrengen, um zu verstehen, was geredet wurde.

»S'il te plaît, chéri. Je sais bien que tu es là. Alors, ouvre-moi. Il faut qu'on se parle.«

Plötzlich hörte ich, wie Sacha hinter der verriegelten Ateliertür so erbost aufschrie, daß ich die Heftigkeit seiner Wut noch am Fuß der Treppe spüren konnte: »Aaaaah, fous-moi le camp! Tu m'emmerdes! Tu m'emmerdes, je te dis!«

Ich konnte beinahe sehen, wie Béa ihre Wange an die Tür schmiegte.

»Veux-tu ouvrir la porte? Rien n'a changé, rien. C'est toujours nous deux, toi et moi, ensemble, comme je t'ai promis – pour toujours. Tout ce que je t'ai toujours promis. S'il te plaît.«
Verschiedene Schlösser wurden nun vorsichtig entriegelt. Ich malte mir aus, wie die Tür einen bleistiftdünnen Spalt geöffnet wurde, weit genug, um Sacha zu bestätigen, daß Béa allein auf dem Treppenabsatz stand. Ich malte mir aus, wie sie sich in die Augen sahen. Und dann, als ich eine laute Rauferei vernahm, malte ich mir aus, wie Béa alles auf eine Karte setzte und die Tür aufstieß, um sich Zutritt zu verschaffen, während Sacha sie verzweifelt wieder zu schließen versuchte. Dabei strauchelte Béa wohl einmal ins Atelier hinein und ein anderes Mal wieder auf den Treppenabsatz hinaus.
Nun war es an der Zeit einzuschreiten. Ohne von Béas Seite einen Hilferuf abzuwarten, rannte ich hinauf und nahm zwei Stufen auf einmal, wobei mich das unregelmäßige Knarren des morschen Holzes unter den Füßen zuverlässiger verriet, als wenn ich gleich zu Beginn, wie beim Versteckspiel, hochgebrüllt hätte, ich käme nun. Auf dem schmuddeligen Treppenabsatz im dritten Stock schrien sich Béa und Sacha an. Er trug einen langen, farbverschmierten Schlabberpullover und eine vergammelte weiße Flanellhose, die zwei- oder sogar dreimal über den nackten Füßen hochgeschlagen war, welche so behaart aussahen wie die eines Schimpansen. Als er mich über Béas Schulter hinweg erblickte, rief er laut: »Vous! Bien sûr. J'aurais dû deviner. Eh bien, non! Je dis non, non et non! Vous ne l'aurez jamais, vous deux – jamais! Je préfère le brûler!«
Wutentbrannt schleuderte er Béa gegen ein Geländer, das so wackelig war, daß ich glaubte, sie stürze gleich kopfüber ins Treppenhaus. Dann warf er sich zähneknirschend auf mich, schlug wild um sich und ließ einen Dauerhagel von kraftlosen Schlägen auf mich niedergehen. Da ich darauf nicht vorbereitet war, ging ich zuerst in die Defensive. Beim Versuch, meine

verletzte Schulter vor seinen beiden Fäusten zu schützen – die jedesmal, wenn ich die Augen aufschlug, mit ihren haarigen Knöcheln in halluzinatorischer Großaufnahme vor mir schwebten –, raubten mir die eigenen Hände die Sicht. Nach und nach gelang es mir jedoch, meine Reflexe unter Kontrolle zu bringen. Allmählich gewann ich sogar die Oberhand und konnte seine Hiebe nicht bloß abwehren, sondern auch erwidern. Zuerst schlug ich zögerliche kurze Geraden gegen seinen Unterleib, dann gegen seine Hühnerbrust und schließlich, nun selbstbewußter, auch gegen sein Kinn. Schlurfend und widerwillig mußte er Schritt für Schritt ins Atelier zurückweichen. Dabei blieb er mit dem Absatz an einem dünnen Metallstreifen hängen, der die Schwelle markierte, und schwebte ein paar Sekunden in einem absurden spitzen Winkel, bevor er sich wieder aufrichten konnte. Dann wirbelte er mit der rasenden Agilität eines Wahnsinnigen herum, stürzte sich auf eine große Mahagonikommode, die neben einem hohen Stapel vergilbter Zeitschriften an einer Wand des Ateliers stand, riß mit übermenschlicher Anstrengung an deren oberster Schublade und holte eine kleine schwarze Pistole heraus. Als er auf mich zielte, machte ich einen Sprung nach vorn und rammte, ohne über mein Tun nachzudenken, mit voller Kraft seinen Hals. Ich erwischte genau seinen herausstechenden kieselsteinartigen Adamsapfel und konnte den Buckel wie den Kern einer Beere an meinem Schädel platzen hören. Sacha gab ein häßlich gurgelndes Stöhnen von sich, und wie er mich nun anstarrte, wich aus seiner Miene jede Feindseligkeit. Seine Beine wurden schwach, und er klappte zusammen. Instinktiv beugte ich mich vor, um ihn aufzufangen, doch meine Schulter war zu steif, um mit der nötigen Beweglichkeit zu reagieren, weshalb ich bloß hilflos zusehen konnte, wie sich eine seiner nackten Zehen in einem unsichtbaren Spalt des teppichlosen Fußbodens verfing, sein Körper seitlich abgedreht wurde und er sich im Fallen den Kopf an der abgeschrägten Kante der Kommode aufschlug. Alles war vorbei. Er sackte zu Boden und blieb bewußtlos liegen. Seine Beine lagen gespreizt vor ihm, als wäre er die Puppe eines Bauchredners, die in der Ecke einer Garderobe liegt. Auch sein Kopf klappte wie der einer Puppe nach vorn auf den schmutzigen Pullover. Die Pistole schlitterte über den Fußboden und schräg in den Zeitschriftenstapel hinein.

Ich schloß hinter mir die Tür und nahm den Raum in Augenschein. Sachas Atelier war weder klein noch groß, es war quadratisch, um nicht zu sagen schachtelförmig, und praktisch unmöbliert. Das einzige Licht kam von einer nackten Glühbirne an der Decke, und da die Wohnungstür minutenlang offen gestanden hatte, pendelte diese Birne nun in ihrer Fassung hin und her und tauchte erst Béa, dann mich und dann wieder sie in ein kaltes Licht, welches dabei über ein unscheinbares Stück Wand strich und die Aufmerksamkeit abrupt und unverdient auf diese lenkte. Zudem befand sich über der Kommode eine Wandleuchte mit einer schlichten Kunststoffhalbkugel als Lampenschirm. Außer der Kommode, auf der ein blumenförmiger vierarmiger Leuchter stand, an dessen einem rötlichem Glaskrokus alle vier Blätter fehlten, gab es noch einen jener primitiven Rohrstühle, wie sie Van Gogh einst malte (darunter standen zwei Paar identische schwarze Halbschuhe sauber nebeneinander), sowie eine Staffelei auf einem Dreifuß. Die farbverschmierten Wände blätterten ab, und in den Fugen zwischen den Dielenbrettern, auf denen Sachas Körper ausgestreckt lag, klebte soviel Dreck wie unter seinen nackten Zehennägeln.
Als ich das Ganze überblickte, fing meine Kopfhaut zu kribbeln an. Meine Stirn war schweißnaß, und die Handflächen wirkten, als wären sie weiß getüncht worden.

»Guy, weißt du, daß du totenblaß bist?« fragte Béa schließlich und starrte mir ins Gesicht. »Liegt das an deiner Schulter?«
»Nein.«
»An Sacha?«
»Nein … Ich weiß nicht …«
»Du darfst dich nicht quälen, es war Notwehr. Ich habe gesehen, wie es passiert ist. Du wolltest ihn nicht verletzen.«
»Nein, nein, nein. Darum – darum geht es gar nicht.«
»Und worum geht es dann? Was ist los mit dir?«
»Ich sag's doch, das weiß ich nicht. Ich meine, es ist unmöglich. Und trotzdem …«
»Und trotzdem was?«
»Na, es ist nur so … Es ist nur so, daß ich glaube, schon einmal hier gewesen zu sein. Hier, in diesem Raum.«
Es entstand eine Pause. Gebannt starrte mich Béa an. Offensichtlich wußte sie nicht, was sie als nächstes sagen sollte. Schließlich knipste sie die nackte Glühbirne über uns aus, schaltete die Wandleuchte an und murmelte leise: »Ja, du hast recht.«
»Wie meinst du das?«
»Es *ist* unmöglich.«
Noch immer war ich wie versteinert, zur Salzsäule erstarrt. Dann fuhr Béa fort:
»Wir dürfen keine Zeit verlieren. Wir müssen das Bild finden und uns aus dem Staub machen, bevor er« – sie sah auf den armen Sacha hinunter – »bevor er zu sich kommt.«
»Dann weißt du also, wo es ist?«
»Zusammengerollt in der untersten Schublade dieser Kommode. Er hat es immer dort aufbewahrt. Mach sie bitte auf.«
Ich zog an der Schublade.
»Sie ist abgeschlossen«, sagte ich schwach.
Sie schüttelte in gespieltem Unglauben den Kopf.
»Schließt doch tatsächlich in einer Wohnung, in der er ganz

allein lebt, die Schubladen ab!« Sie begann die zahlreichen Taschen ihres Kleides abzutasten, als filzte sie sich selbst. »Gott sei Dank war ich klug genug, mir einen Schlüssel nachmachen zu lassen.«

Béa stand vor der Kommode, unmittelbar neben dem Leuchter. Nicht eine der krokusförmigen Lampen brannte. Hingegen brannte die Wandleuchte darüber, die ein helleres Licht verbreitete, als man dies von einem derart mickerigen Beleuchtungskörper erwartet hätte, und warf ihr Strahlen über Béas untere Gesichtshälfte. Ich stand neben ihr und wartete darauf, daß sie mir den Schlüssel zur Kommode reiche. Zwischen uns, in der Mauer hinter der Lampe, lag das einzige im Zimmer befindliche Fenster, dessen Scheibe schon seit Monaten nicht mehr geputzt worden war. Durch dieses konnte man nichts als einen dunklen, bedeckten und rötlichen Himmel erkennen, während das Meer unsichtbar jenseits seines Rahmens platschte.

Béa zog aus ihrer Jackentasche einen kleinen Säckel oder Beutel, der aus einer Art braunem Pelz gefertigt war.

»Da ist er. Versuch es mit der untersten Schublade. Bestimmt findest du die Leinwand dort drin.«

Sie hielt mir den Säckel oder Beutel mit der rechten Hand hin. Selbst wenn Béa mich nicht darauf aufmerksam gemacht hätte, ließen dessen Form und Größe sowie die asymmetrischen Ausbuchtungen keinen Zweifel daran, daß er einen Schlüssel enthielt.

Ich erstarrte.

Plötzlich war mir alles klar.

»›La Clé de Vair‹ ist eine Fälschung.«

Ich gab Béa keine Zeit zu antworten, sondern zog den Schlüssel aus dem Säckel – es handelte sich um einen gewöhnlichen Messingschlüssel –, ging zur Kommode hinüber, entriegelte die unterste Schublade, zog sie auf und fand, wie Béa mir dies prophezeit hatte, die zusammengerollte Leinwand. Ich nahm sie heraus – ich weiß nicht, was Béa die ganze Zeit trieb, denn ich war zu eingeschüchtert, um zu ihr hinzusehen –, ging zur Staffelei und spannte das Bild darüber. Ich starrte es an. Dies war, allerdings dreihundert Jahre in die Vergangenheit projiziert, das exakte Spiegelbild jener Position, die sie und ich kurz zuvor eingenommen hatten. Ich wandte mich Béa zu und legte ihr in neutralem, meine Erregung nur mühsam verbergendem Ton den Sachverhalt dar, von dem ich nun wußte, daß er der Wahrheit entsprach.

»›La Clé de Vair‹ ist eine Fälschung. Es wurde nicht von Georges de La Tour gemalt. Es wurde nicht im siebzehnten Jahrhundert gemalt. Es wurde hier gemalt – und vor gar nicht so langer Zeit. Der Raum auf dem Bild ist dieser Raum. Das Licht auf dem Bild ...« – ich zeigte auf den zart gemalten Lichtkegel auf der Leinwand, der so typisch für La Tours Werk war – »... ist das Licht von der Lampe dort ...« – ich zeigte auf die Wandleuchte. »Die Insel im Fensterrahmen ...« – ich zeigte auf den einzigen Bildausschnitt, den ich auf der Schwarzweißreproduktion in der Villa nicht hatte identifizieren können, den ich jedoch nun auf dem Gemälde selbst als Fenster erkannte »... ist die Insel, die ich von der Küstenstraße aus gesehen habe. Der Turm ...« – ich zeigte abermals – »... ist der Turm, den ich bemerkt habe, bevor wir von der Küstenstraße abgebogen sind. Und die Frau auf dem Bild – du bist doch diese Frau, nicht wahr? Du selbst hast dem Künstler Modell gestanden, nicht wahr?«

Béa gab keine Antwort.

»Und das da«, sagte ich und schwenkte das reizlose kleine Ding vor ihren Augen, »das ist der Schlüssel. La Clé de La Tour.«

Ich registrierte keinen eindeutigen Hinweis darauf, daß Béa

von dem, was ich gesagt hatte, irgend etwas mitbekam. Doch dies war nun im Grunde auch egal, da ich mir des Hergangs, den ich vor ihr ausgebreitet hatte, so sicher war wie nur je einer Sache auf der Welt. Doch ich war entschlossen, nicht als erster zu sprechen, und mein Blick schweifte, als wir uns gegenüberstanden, zu einer geschlossenen Tür auf der anderen Seite des Zimmers. Da bisher keiner von uns ein Wort gesprochen hatte, ging ich hinüber und öffnete sie. Es handelte sich um die Tür zu Sachas eigentlichem Atelier. Licht fiel durch das große Erkerfenster, das Ozean und Himmel enthüllte, und der durch Mondschein marmorierte Horizont teilte die Aussicht in zwei Hälften. Dieser zweite Raum war noch kärglicher möbliert als der erste. Auch hier stand in der Mitte eine leere Staffelei, doch was meine Aufmerksamkeit erregte, waren die dahinter gegen die Wand gestapelten Gemälde. Das gut sichtbare vorderste mußte dem Betrachter selbst aus dieser Distanz einfach ins Auge springen. Zum Teil verdeckt durch die drei spindeldürren Glieder des Dreifußes, dessen beide Hinterbeine gespreizt dastanden wie jene von Heinrich dem Achten, zeigte es einen gigantischen blauen Blumenkohl, der in einem nächtlichen Gemüsegarten unter einem unheilvollen gelben Mond sproß. Auf seine Art war es ein recht verblüffendes Bild, andererseits aber auch ein armseliges, fades Klischee, denn die Kringel und Windungen des Blumenkohls waren beängstigend akribisch gemalt und in einem zähen Aquamarin gehalten.

Ich kniete mich neben den Stapel und begann die Gemälde trotz ihrer klobigen dicken Holzrahmen emsig wie ein Bankkassierer durchzusehen, der ein Bündel gebrauchter Hundertpfundscheine zählt. Es gab sechs davon, alle von ein und derselben Person gemalt, einem Künstler, dem technisches Flair zwar nicht fehlte, der jedoch, wie mir augenblicklich klar wurde, in bezug auf die häßlich ölige Struktur hoffnungslos

im Bann von Dalí stand, in bezug auf den Inhalt in jenem von Magritte – das heißt in bezug auf die Anhäufung aufgedonnerter Ideen und Gemeinplätze eines abgegriffenen Surrealismus, mit dem der Künstler vergeblich das Fehlen eines echten und persönlichen Themas zu kaschieren versucht hatte. Die fünf hinter dem Blumenkohl verborgenen Bilder waren im einzelnen: das Brustbild eines älteren Mannes mit Zylinder, dessen Gesichtszüge von einem Spiegelei verdeckt wurden; ein Revolver, aus dem Tauben schossen; ein Tier mit zwei Höckern und einem langgezogenen Kopf auf jeder Seite des Rumpfes und dem in Schablonenschrift darunter stehenden raffinierten Neologismus »Palindromedar«; eine Darstellung der Kreuzigung Christi, deren Leinwand selbst an ein Kreuz genagelt war, während aus den drei Nagelwunden unechtes Blut tropfte; und ein unwirklicher Himmel mit einer schäumenden Wolkenbank, aus der bei näherer Betrachtung die vier Präsidentenköpfe des Mount Rushmore hervortraten.
Ich legte die Gemälde wieder zurück und regte mich für einen Augenblick nicht. Dann schweifte mein Blick abermals, nun allerdings zielgerichteter, denn ich suchte nach Indizien. In einer anderen Ecke des Zimmers bemerkte ich etwa zwanzig Kohlezeichnungen, die kunterbunt durcheinander an die Wand gepinnt worden waren. Diese ging ich mir nun ansehen. Bei einigen handelte es sich um Porträts *à la* Modigliani, bei anderen um gewitzte Plagiate Matisse', Soutines und Bonnards. Daneben gab es anscheinend auch einen halbherzigen und vorzeitig abgebrochenen Versuch an einer geschönten Komposition der Drei Grazien in der Manier von Ingres – drei nackte, formelhaft hübsche untergehakte Figuren, deren Gesichter und Körper zwar embryonenhaft flüchtig, aber eindeutig identisch waren. Bei den anderen Zeichnungen, die mehr als die Hälfte des Ganzen ausmachten, handelte es sich ausschließlich um Vorstudien für die weibliche Figur von »La Clé de Vair«

samt historischem Kostüm. Und es stand auch ganz außer Frage, daß jede der abgebildeten Frauen – die Modiglianis, der Matisse, der Soutine und der Bonnard und alle drei nackten Drillinge von Ingres, aber auch, was mir jetzt geradezu ins Auge stach, der La Tour – keine andere als Béa war.

Ich kehrte in den ersten Raum zurück. Béa hatte sich nicht von der Stelle gerührt. Sie schien darauf zu warten, daß ich ihr die Frage noch einmal stellte, die ich ihr bereits zuvor gestellt hatte. Doch es war an ihr, etwas zu sagen, und schließlich tat sie es auch.

»Ja, du hast recht«, sagte sie mit größter Gelassenheit. »Es ist eine Fälschung.«

»Und warum erzählst du mir dann nicht davon?«

Sie sah mich an, als prüfe sie, ob ich tatsächlich die Wahrheit hören wolle, und etwas – vielleicht auch nur dessen Schatten – huschte flink über ihr Gesicht, etwas Grobes und Hartes und Berechnendes, das ich noch nie darin erblickt hatte.

»Es wurde – ich weiß, das hast du schon selbst herausgekriegt – von Sacha gemalt. Sacha ist Maler – das heißt, er war Maler, bevor er Jean-Marcs Partner wurde. Er hatte nie den geringsten Erfolg, kein einziges Mal. Vermutlich hast du vorhin sein Werk schon unter die Lupe genommen, und ich brauche dir den Grund also nicht zu nennen. Er war schon immer außerordentlich talentiert, doch was er tut, und alles, was er tun kann, ist hoffnungslos veraltet – nein, eigentlich ist es noch schlimmer, seine Bilder erinnern stets an die anderer Maler, ob Dalí, Max Ernst oder Magritte.« Sie ließ den Blick in der düsteren und schrecklich deprimierenden Mönchszelle des Zimmers umherschweifen, in dem wir standen. »Die Götter haben sich mit Sacha einen entsetzlichen Scherz erlaubt. Sie haben ihm die Hände eines Genies gegeben, doch diese Hände scheinen ihm bloß angesetzt worden zu sein – wie in einem Horrorfilm. Er verfügte nie auch nur über einen

Funken Individualität oder Originalität. Er kann malen, doch ihm fehlt jede Vorstellung, was er malen, oder konkreter, weshalb er malen soll. Und was die Sache noch tausendmal schlimmer macht: Er weiß besser als irgendwer, wie trivial und überflüssig sein Talent ist. Er gleicht einem Mann, der blind auf die Welt gekommen ist und plötzlich erkennt, daß er sich tatsächlich vorzustellen – *visuell* vorzustellen – vermag, wie es sein muß, sehen zu können.

Jedenfalls begann er mich in verschiedenen Stilen zu zeichnen, meistens in dem der modernen Ecole de Paris, und ich muß sagen« – sie lachte trocken –, »die waren am leichtesten. Es fing als reines Spielchen zwischen uns beiden an. Vielleicht war es für ihn auch einfach eine Möglichkeit, seinem Verlangen nach mir Ausdruck zu geben. Es war wohl seine Art, mich zu umwerben, und ehrlich gesagt schmeichelte mir das. Dann, ungefähr vor zwei Jahren – und ich glaube nicht, daß er damals wußte, was ihm gelungen war –, fertigte er eine umwerfende Zeichnung von mir im Stile von Georges de La Tour an. Ich war völlig hingerissen und spornte ihn an, und er arbeitete und arbeitete daran, bis niemand, ich schwör's, sie noch vom Original hätte unterscheiden können – nur gab es natürlich gar kein Original. Von La Tour existiert keine einzige Zeichnung.

Ich wußte, daß ich das Zusammenleben mit Jean-Marc nicht mehr lange ertragen würde, aber du kannst mir glauben, daß ich ihn auf gar keinen Fall verlassen wollte, ohne für meine Zukunft vorgesorgt zu haben. Und so schmiedeten Sacha und ich diesen Plan, ursprünglich aus reinem Jux, wußten wir doch beide nicht, ob es dem anderen wirklich ernst war. Er würde also einen Georges de La Tour malen, den wir dann einem von Jean-Marcs Kunden zum Kauf anböten.«

»Wurde Jean-Marc in euren Plan eingeweiht?«

»Natürlich nicht. Aber obwohl er nichts damit zu tun hatte,

war sein Ansehen in der Kunstwelt der beste Beweis für die Echtheit des Bildes.«

»Warum Nasr?«

»Er ist ein Banause, ein Ignorant, den das Schicksal mit mehr Geld versehen hat, als er je wird ausgeben können. Du mußt wissen, daß Jean-Marc diesem Nasr im Lauf der Jahre alle möglichen Nieten angedreht hat – seien es zweitklassige Werke zweitklassiger Künstler oder drittklassige Werke erstklassiger Künstler. Gott allein weiß, wie oft er ihn übers Ohr gehauen hat. Wir wollten die Methode ja bloß einen logischen Schritt weitertreiben.«

»Aber eines verstehe ich nicht«, sagte ich. »Es war doch *dieses* Bild – oder ein Druck davon –, das ich in der Villa in jenem Buch gesehen habe. Es war *dieses* Zimmer. Es war *dein* Gesicht.«

»Sacha schrieb das Buch einzig darum, um die Existenz des Bildes glaubwürdig nachweisen zu können.«

»Was?!«

»Du kannst mir glauben, Guy, daß das Verfassen des Buches ein Kinderspiel war im Vergleich zum Malen des Bildes. Sacha ist ein echter Experte für die französische Schule des siebzehnten Jahrhunderts.« Erneut lachte sie. »Sein Prestige war das einzige Authentische an der ganzen Geschichte.«

»Aber ein Buch schreiben ...«

»Warum überrascht es dich, daß wir einen solchen Aufwand trieben? Überleg doch mal, was auf dem Spiel stand! Das Malen von ›La Clé de Vair‹ beschäftigte Sacha während fast zwei Jahren. Wir mußten Farben und Leinwandmaterial beschaffen, die im Einklang mit La Tours Zeit standen. Ich mußte stundenlang, tagelang in Bibliotheken Modegeschichte wälzen. Ein einziger Fehler in einem der Kleidungsstücke, und wir wären geliefert gewesen. Glaub mir, das Buch war noch das mindeste.«

»Ist es auch publiziert worden?«
»In Belgien wurde ein Privatdruck hergestellt. Das war lustig. Wir erfanden den Verlagsnamen, schrieben den Klappentext, tüftelten eine ISBN-Nummer aus. Die weiß ich noch heute. 0-436-20429-0.«
»Und Jean-Marc?«
»Jean-Marc?«
»Wußte er, daß das Buch existierte?«
»Er glaubte, es sei in England erschienen. In Cambridge. Er wurde furchtbar eifersüchtig, weil ich Nasr ein Exemplar mitbrachte, als ich Jean-Marc jenes eine Mal nach Kent begleitete. Schließlich mußte Nasr das Buch in seiner Bibliothek haben, bevor wir es wagen konnten, ihm das Bild zum Kauf anzubieten. Es lief alles wie am Schnürchen – bis der Blitz in jenen verdammten Baum einschlug.«
»Deshalb also durfte Rieti nicht in dieses Zimmer kommen?«
»Hätte Rieti gesehen, was du gerade gesehen hast, und wäre er Sacha leibhaftig begegnet ...«
»O Gott.«
Ich versuchte verzweifelt, herauszufinden, was in jenem Moment in mir vorging. Ich wußte, daß ich weiterhin zu ihr gehören, weiterhin an ihrer Seite, *auf* ihrer Seite sein wollte, und ich kann auch nicht leugnen, daß mich das, was sie soeben erzählt hatte, mit einem gewissen Hochgefühl erfüllte, dem Hochgefühl, das jedem vertraut ist, der einmal eine umwerfend schlechte Neuigkeit erfahren hat. Ja, dies *war,* soviel stand fest, eine schlechte Neuigkeit, die nur in Bedrängnis, Unglück und vielleicht sogar Tod enden konnte. Béa mußte geschützt werden vor sich selbst, vor Sacha, vor den unwägbaren Folgen ihrer *folie à deux* – doch bevor ich ausdrücken konnte, was ich fühlte, war sie mir bereits entgegengetreten und umfaßte meinen Hals mit beiden Händen.
»Vergiß nicht, was du gesagt hast, Guy«, flüsterte sie, als habe

sie Angst, Sacha könnte zuhören. »Du hast versprochen, nie über mich zu urteilen. Ich werde dich nicht von diesem Versprechen entbinden. Über mich urteilt man nicht. Ich habe getan, was ich tun mußte, denn genau darum geht es im Leben.«
»Von wem stammt denn diese Theorie des Lebens?«
»Es hat sich nichts geändert«, erwiderte sie – und mir fiel auf, daß sie denselben Satz, *rien n'a changé,* schon verwendet hatte, um Sacha zum Aufschließen der Tür zu bewegen. »Was spielt es für eine Rolle, daß ›La Clé de Vair‹ eine Fälschung ist? Das ist ein Detail und jedenfalls kein Grund, das Bild nicht an Nasr zu verkaufen. Er wird den Unterschied nicht bemerken. Du mußt wissen, Männer wie er bemerken keine Unterschiede.«
Ja, erwiderte ich eilends und wandte ihr Argument gegen sie, tatsächlich habe sich nichts geändert, und genau darin liege unsere Rettung. Schließlich sei bis jetzt kein richtiges Verbrechen verübt worden. »La Clé de Vair« könne zerstört und das bereits auf Béas Konto liegende Geld an Nasr zurückgezahlt werden. Dies sei zwar unerquicklich, und körperliche Gewalt gegen uns beide könne wohl auch nicht ausgeschlossen werden. Wir könnten nur hoffen – doch die Hoffnung sei nicht ganz unbegründet –, daß Nasr, der seinen Status als Ausländer in Großbritannien wohl nicht gefährden wolle, bereit sei, die ganze leidige Angelegenheit als Lehrgeld abzuschreiben. Dann könnten Béa und ich zusammenbleiben, ohne uns ständig vor Vergeltung fürchten zu müssen.
»Was würde uns abhalten, glücklich zu sein?«
Béa löste langsam die Hände von meinem Hals und blickte hinunter auf Sachas langen, schlanken Körper. Nach einer Weile kniete sie sich neben ihn und legte den Kopf seitlich an seine Brust. Sie lauschte ein paar Sekunden mit entrücktem, aber leerem Blick und hob dann seinen rechten Arm, welchen

er im Fallen, mit einer Geste kindlicher Unschuld und Erfülltheit, unwillkürlich weit von sich geworfen hatte. Sie hielt ihn hoch, als wiege sie ihn, und ließ ihn dann mit scheußlich dumpfem Klang fallen. Ich schluckte leer. In mir fühlte ich etwas Obszönes, das mich zu ersticken drohte, blasenförmig vom Unterleib in die Kehle hochsteigen. Sie hob den Blick und sprach mit gänzlich emotionsloser Stimme jene Worte, mit denen ich ohnehin rechnete: »Sacha ist tot.«

Ich fühlte mich der Ohnmacht nahe. Als ich die Augen schloß, explodierte in den Höhlen unter meinen Lidern lautlos ein höllisches Feuerwerk. Ich öffnete die Augen wieder. Béa kniete noch immer neben Sachas Körper.

»Du lügst«, sagte ich.

»Er ist tot. Sein Herz schlägt nicht mehr, und sein Puls – fühl doch selbst. Er muß sich im Fallen den Schädel aufgeschlagen haben.«

Sie stützte seinen Kopf im Nacken und begann ihn zu wiegen, ließ ihn aber gleich wieder sinken. Ihre Handfläche war glitschig von halb eingetrocknetem Blut, das an kandierte Äpfel erinnerte. Sie streckte mir die Hand entgegen.

»Jetzt *ist* aber ein richtiges Verbrechen verübt worden. Es gibt kein Zurück mehr, weder für dich noch für mich.«

Ich mußte etwas tun, etwas sagen, schnell.

»Du bist ja verrückt. Du hast genau gesehen, was passiert ist. Es war Notwehr – ein Unfall.«

»Wie der Unfall, bei dem deine Frau umgekommen ist?«

Ich wich zurück, wie ins Herz getroffen. Die obszöne Flüssigkeit, die ich erneut in mir hochsteigen fühlte, war nun in meine Kehle vorgedrungen. Ich wollte unbedingt einen klaren Kopf behalten und ertappte mich beim Warten, beim Warten darauf, daß Béa etwas sagte, was auf einen Schlag jenen Fleck tilgen würde, von dem ich aber auch wußte, daß er unauslöschlich war. Ich ertappte mich beim Nachdenken darüber, ob im grenzenlosen, noch unerschlossenen Potential meiner Muttersprache eine Konfiguration aus Substantiven, Verben und Adjektiven existierte, die in der richtigen Anordnung den verheerenden Schaden beheben könnten.

Falls eine solche Konfiguration existierte, war sie Béa entfallen.

»Mein liebster Guy«, sagte sie in pragmatisch gleichmütigem Ton, als rühre mein Entsetzen bloß von der wachsenden Einsicht in die üble Bedrängnis, in die ich mich selbst gebracht hatte, »ob es dir gefällt oder nicht, irgend jemand wird bestimmt genau so etwas sagen. Früher oder später wird die Polizei die Nase in unsere Angelegenheiten stecken, und man wird über uns alles Erdenkliche ans Tageslicht zerren – und was mit dir und Ursula geschehen ist, wird bestimmt ebenfalls aufkommen. Ich weiß nicht genau, welchen Reim man sich darauf machen, was für Verbindungen man herstellen wird, aber denken kann ich es mir schon. Selbst wenn man deine Darstellung akzeptierte, und diese würde deine Begegnung mit Jean-Marc einschließen, den Wagentausch, den Blitz – den Blitz, Guy! Überleg doch nur, würdest du dir, einmal angenommen, du wärst an ihrer Stelle, diese Geschichte abkaufen? – selbst dann wird es dein Ende bedeuten. Wir *müssen* weitermachen. Und außerdem«, setzte sie nachdenklich hinzu, »kommt Sachas Tod für uns beide gar nicht so ungelegen. Er ist der einzige, der uns hätte verpfeifen können.«

»Wie kannst du nur so von ihm reden? Dieser Mann war dein Geliebter.«

»Sacha hat mir nichts bedeutet. Ich hab' dir doch gesagt, daß er für mich einfach praktisch war.«

»Und sein Tod gehört eben zu den kleinen unpraktischen Seiten des Lebens?«

»Herrgott noch mal, Guy, mach jetzt bloß nicht schlapp, wo

wir doch bald am Ziel sind – wo jetzt bloß noch wir drei sind.«

»Wir drei?«

Ihr Lächeln ließ mich schaudern.

»Bloß du, ich und das Geld. Wir können gehen, wohin wir wollen, und tun, was wir wollen – und es so oft tun, wie wir wollen.« Jäh nahm ihre Stimme abermals eine neue Färbung an. »Aber hör mal zu, wenn wir uns jetzt nicht auf die Socken machen, ist alles für die Katz gewesen.«

»Du *bist* verrückt«, sagte ich.

»Nein, ich bin nicht verrückt. Ich versuche bloß, einen kühlen Kopf zu bewahren. Solange niemand ahnt, daß wir je hier waren, kann uns nichts passieren. Sacha war ein Eigenbrötler, hier auf der Insel hat ihn niemand gekannt, und seine Leiche wird man erst in ein paar Tagen finden. Klar, wenn die Polizei sie dann findet, wird man allerlei Fragen stellen und herumschnüffeln, und vielleicht kommt diesen Leuten alles auch ein bißchen verdächtig vor. Aber bis dann sind wir schon über alle Berge und außer Landes, und sollten sie uns je aufspüren, haben sie nicht die Spur eines Beweises dafür in der Hand, daß er nicht genau so ums Leben gekommen ist, wie wir es schildern. Er strauchelte und fiel und schlug sich den Kopf an der scharfen Kante eines Möbelstücks auf. Einer dieser dummen Unfälle, wie sie eben vorkommen.«

Eine sonderbare neue Benommenheit hatte sich über mich gelegt, und so konnte ich Béa nun ganz ungerührt anblicken.

»Über *meine* Zukunft zerbreche ich mir nicht mehr den Kopf«, sagte ich schließlich, »aber ich kann es nicht zulassen, daß du so etwas tust. Das Ganze hat hier und jetzt ein Ende.«

Nun kniete auch ich mich neben Sachas Körper. Doch anstatt meinerseits zu überprüfen, ob er tatsächlich tot sei – dafür hatte ich lediglich Béas Wort –, streckte ich die Hand dorthin, wo seine Pistole hingerutscht war, an einen Ort, den seine

Finger ganz knapp nicht mehr erreichten, Finger, deren Nägel zwar schmutzig waren, die sonst aber im verdutzten Schlaf des jähen Todes wie die eines Babys wirkten.
Ich hob die Waffe hoch und vergewisserte mich, daß sie geladen war. So schmerzlich mir die Lächerlichkeit meines Verhaltens bewußt war – doch selbst wenn ich es gewollt hätte, wäre mir ein Innehalten nicht mehr möglich gewesen –, zielte ich aus nächster Distanz auf Béa.
Ich sah, wie sie die Luft einzog, als wäre sie vollkommen außer Atem. Ein zaghafter Versuch zu lachen, in dem ich aber auch die spöttisch gekräuselten Lippen der Ungläubigkeit erkannte, wich langsam einem ersten Anzeichen echter Angst. Ich zielte immer noch auf sie und wartete auf eine Eingebung, wartete darauf, so erschien es mir, daß mir meine Hand mitteilen würde, was ich tun sollte. Dann schwenkte ich die Pistole ganz langsam und sozusagen wider Willen von Béa weg auf die Staffelei und stoppte erst, als das Bild, der verwünschte »Clé de Vair«, direkt vor dem Pistolenlauf lag. Nun schloß ich die Augen und drückte ab. Als ich wieder auf das Gemälde blickte, bemerkte ich, daß es einen Zentimeter unter dem Beutel, der die Hand wechselte, durchbohrt worden war.
Erst nach einigen Sekunden begriff Béa, was ich da tat – und in dieser Zeit hatte ich bereits eine zweite Kugel auf das Bild abgefeuert, die diesmal den jungen Edelmann am Arm erwischte und auf seiner eleganten Weste mit dem Jagdmotiv ein kleines, qualmendes, schlitzartiges Loch hinterließ. Dann kreischte sie laut. Sie kreischte mir mehrmals zu, ich solle aufhören, versuchte mir die Pistole zu entwinden, krallte die Fingernägel in meine Knöchel, riß in wilder Raserei an meinen Haaren. Ich war größer als sie und schwenkte die Waffe über unsere beiden Köpfe hinweg – und deshalb konnte ich, als ich zum drittenmal abdrückte, überhaupt nicht erkennen, ob ich getroffen hatte. Ich sah lediglich Béas angstverzerrtes

Antlitz. Ihr Blick schnellte in heller Panik von mir zum Bild, zurück zu mir und dann wieder zum Bild, und ich hörte einzig ihr Kreischen, ein Kreischen, das nun in ein schrilles, mattes Stöhnen überging. »Non … Oh non … non, non, non, s'il te plaît, s'il te plaît … Oh non …«

Dann, als ich die Pistole erneut hob, riß sie sich von mir los. Sie stürzte auf die Staffelei zu, breitete die Arme weit aus und versuchte umsonst, die Leinwand herunterzuzerren, und wandte sich mir zu, um mich ein letztes Mal anzuflehen – doch es war zu spät. Mein Finger hatte seinen eigenen unwiderruflichen Antrieb gefunden und krümmte sich so sacht um den Abzug, daß ich kaum spürte, wie sich dieser bewegte, woraufhin mich eine neuerliche Detonation bis ins Mark erschütterte.

Ich hatte ins Schwarze getroffen. Ich hatte die weibliche Figur getroffen, die ihrem männlichen Gefährten verstohlen den Schlüssel übergab. Ich wußte, daß ich sie getroffen hatte, denn sie schrie – und ihr Gesicht verzerrte sich vor meinen Augen in ein mosaikartiges Netz von Rissen, bis es jäh von ihrem Blut unkenntlich gemacht wurde. Mit der rechten Hand umklammerte sie weiterhin die Leinwand, und als sie zu Boden glitt, riß sie diese samt der Staffelei mit und wurde darunter begraben.

Ich legte Sachas Pistole neben dem Leuchter auf die Kommode, trat aus dem Atelier und zog die Tür hinter mir zu. Ich stieg die Treppe hinunter, ging durch den nach Urin riechenden Korridor und trat auf den mittelalterlichen Platz, durch den ich vor weniger als einer halben Stunde gekommen war. Über mir sang dieselbe Straßenlaterne ihr knarrendes Wiegenlied frühabendlicher Melancholie. Keine Menschenseele war zu erblicken. Ich sah zu dem sich verdüsternden Himmel hoch, der bereits einen blassen, windstillen Nebel über die

Ziegel des schwindelerregend steil abfallenden Daches der Abtei rollen ließ.
Ich begann denselben Weg zurückzugehen – durch das beklemmend enge Gäßchen und um den trostlosen Rasen herum. Dieselbe gewundene Straße, welche Béa und ich gemeinsam emporgestiegen waren, führte mich zum dritten der drei Tore, auf denselben gepflasterten Hof hinaus, dann zum zweiten Tor, dann zum ersten, jenem hohen, schmalen Graniteingang, der in den Festungswall gehauen worden war. Schließlich trat ich in den Vorhof. Und auch auf jenem Vorhof waren die symmetrisch angeordneten Parkfelder dieselben, nur daß jetzt einzig der Rolls-Royce noch weggefahren werden mußte.
Seine Tür war nicht abgeschlossen, und die Schlüssel hingen vom Armaturenbrett herunter: In ihrer Eile hatte Béa den Wagen völlig schutzlos zurückgelassen. Ich stieg rasch ein und fuhr auf den Deich hinaus.
Auf den Deich hinaus ... auf dessen anderer Seite dasselbe verschlafene Nest lag, das auf meine Rückkehr zu warten schien, mit demselben Trio geparkter Autos, die noch immer so verloren dastanden wie alte Theaterrequisiten. Während der blutrote und kugelrunde Mond auf dem Hochseil des Horizonts mit mir Schritt hielt, durchfuhr ich dieselben fünf oder sechs Kilometer Flachland, bevor ich die Küstenstraße erreichte ... und dort, genau an der Stelle, wo ich ihn vor einer Stunde verlassen hatte, stand auch derselbe gedrungene, phallische Turm. Dort befand sich aber auch, im Abglanz der Scheinwerfer des Rolls Royce und mir immer genau einen Schritt voraus, der »Spirit of Ecstasy«, grotesk und unbesiegbar.

Plötzlich, nachdem ich ungefähr eine halbe Stunde gefahren war, erschien in der Windschutzscheibe ein wäßrig weißer Lichtklecks wie ein unbekannter Punkt auf einem Radarschirm. Er wurde größer und größer. Der Wagen, dessen Herankommen er mir anzeigte, kam immer näher, bis ich mich schließlich seiner liebenswert untersetzten Silhouette gegenübersah. Es handelte sich ohne jeden Zweifel um meinen eigenen gelben gebrauchten Mini. Obwohl ich noch nicht eindeutig erkennen konnte, wer hinter dem Steuer saß, wußte ich nur zu gut, wer es war, wer es sein mußte.

Ich wußte aber auch, was *ich* tun mußte. Kaltblütig und gelassen riß ich, als wir einander schon passieren wollten, das Lenkrad nach links. Ich drehte immerzu nach links, links, links, so weit es nur ging. Mit einem ekelerregenden Quietschen und Kreischen der Reifen schoß der Rolls über den Mittelstreifen der Küstenstraße direkt auf den Mini zu.

Diesmal gingen keine sintflutartigen Regengüsse nieder. Zwischen uns gab es keine Platane. Und kein Blitz würde einschlagen.

Bücher aus der Edition Epoca

Gilbert Adair: Der Schlüssel zum Turm

Roman

Aus dem Englischen von Thomas Schlachter

176 Seiten, DM 38 / sFr 36.50 / ÖS 277

ISBN 3-905513-18-8

«Suspense und Souplesse»

Ulrike Rode, Tages-Anzeiger

Gilbert Adair: Wenn die Postmoderne zweimal klingelt

Variationen ohne Thema

Essays

207 Seiten, DM 39,50 / sFr 38 / ÖS 288

ISBN 3-905513-19-6

«Adair ist auch in seinen Essays ein frappierender Erzähler.»

Hermann Wallmann, Südddeutsche Zeitung

P.G. Wodehouse: Jetzt oder nie!

Roman

Mit einem Nachwort von Evelyn Waugh

Aus dem Englischen von Thomas Schlachter

224 Seiten, DM 38 / sFr 36.50 / ÖS 263

ISBN 3-905513-21-8

«Dieses Buch ist vielleicht unwichtig, aber man muß es lesen.»

Claus Philipp, Der Standard

Hans Pleschinski: Zerstreuung

Spanische Novelle

Mit einem Nachwort von Matthias Politycki

127 Seiten, DM 33 / sFr 32 / ÖS 234

ISBN 3-905513-22-6

«Der Reiz dieses teilweise noch unausgegorenen, die Schlacken des Zeitgeistes mitführenden Textes liegt darin, daß er selbst das ist, was sein Held sucht: der leichte, schwebende Film, den der Erzähler nicht dreht.»

Manfred Papst, Neue Zürcher Zeitung